ハヤカワ文庫SF
〈SF2350〉

宇宙英雄ローダン・シリーズ〈656〉

地獄のソトム

H・G・エーヴェルス&アルント・エルマー
渡辺広佐訳

早川書房
8755

PERRY RHODAN
HÖLLE SOTHOM
DIE SPUR DER KARTANIN
by

H. G. Ewers
Arndt Ellmer

Translated by
Hirosuke Watanabe
First published 2022 in Japan by
HAYAKAWA PUBLISHING, INC.
This book is published in Japan by
arrangement with
PABEL-MOEWIG VERLAG KG
through JAPAN UNI AGENCY, INC., TOKYO.

目次

地獄のソトム

地獄のソトム

H・G・エーヴェルス

登場人物

ジュリアン・ティフラー………有機的独立グループ（ＧＯＩ）代表
ニア・セレグリス………………ティフラーの恋人。ＧＯＩメンバー
ティンタ・ラエ…………………オクストーン人。ＧＯＩの潜在的モヴェーター
シド・アヴァリト………………アンティ。ＧＯＩの潜在的テレキネス
エルサンド・グレル……………同。ＧＯＩの潜在的テレパス
テリエ・デ・ローク……………オクストーン人。パニシュ
ペレグリン………………………謎の老人

1　ティンタ・ラエの報告

わたしは、自分とテリエ・デ・ロークのあいだにあらわれ、わたしの仲間に言葉すくなく引きあげるようながした未知者を、金縛りにあったように見つめた。

かれはテレポーターではない。それはたしかだ。オクストーンの風土の完璧なシミュレーションなのだから、大気がいかに濃いか、わたしは知っている。テレポーターが電光石火で再実体化するさいに大気の塊りに変化が起こり、はっきり感じられる圧力波が生じるということも。しかし、それは起こらなかった。

したがって、未知者はきわめて高度な技術を用いている。

突然、わたしはわかった、なぜ、ジュリアン・ティフラーがこうもすみやかに未知者のもとめに応じたのかを。かつての首席テラナーたる資質を持っていた者が、はったりだけでは納得するわけがないと、考えてしかるべきだった。いや、ティフはわたしよりずっと早くに、未知者がテレポーターではないとわかり、唯一の論理的な結論を引きだしていたのだ。はるかにすぐれた技術手段を自由に使えるのだから、この生物には予言めいたことをいう能力があるとわかる。このことだけで、かれを信頼したのだ。

〝予言めいたこと〟とは、パニシュが数秒後には、わたしについて、いまとは正反対の考えを持つようになるだろう、ということ。

つまり、いまパニシュはわたしがGOIの工作員だと思っている。きわめて知的な策を弄《ろう》し、わたしがおのれの身分をさらけだすようにしむけたから。

ここまで考えてきて、わたしも未知者を信頼する気になりはじめた。とはいっても、疑問とか懐疑心はのこっている。いずれにせよ、そうなるだろう。なぜなら、わたしはテリエ・デ・ロークのなすがままなのだから。かれは思考するだけでホロ・プロジェクション全体をコントロールできるのみならず、恐ろしげな特殊ロボットも自由に使える。

未知者の杖のような装置から発せられる青白い微光につつまれてからというもの、パニシュは硬直したように立っていた。オクストーン人に典型的な脂ぎった、彫りの深い淡褐色の顔は完全に無表情だ。

わたしはふたたび未知者に目をやる。

かれはわたしより数センチメートル背が高く、おそらく一・九メートルほどだが、はるかに痩身《そうしん》で、顔もほっそりとしていて若々しい。華奢《きゃしゃ》な印象の手と、生気にあふれて輝く暗褐色の目は、ほかの生物であれば、肩に落ちる真っ白な頭髪にふさわしくない印象をあたえるだろう。しかし、かれの場合はそうではない。そのことは顔一面の真っ白な髭《ひげ》にもいえる。

いや、この男はきわめて非凡な人物だ。強い精神力とエネルギーを印象づける。絹のように光沢のある、ネズミ色の装飾的な濃淡模様が入ったチャコールグレイのキモノのような衣服も、その印象を弱めてはいない。それどころか、むしろ日本のサムライ……わたしはそれをクラーク・フリッパー基地のインフォで知っていた……のオーラをあたえている。

しかし、もちろんかれはサムライではないし、アジア系テラナーでもない。基本的に現代のどのテラナーにも似ていない。なぜなら、現代のテラナーはほとんど例外なく褐色から暗褐色の肌だから。それに対して、かれの肌は、右目の下の円形のほくろをのぞいて、色素沈着のない淡い色をしている。

かれはこの〝サムライの衣装〟に、ダークグレイのブーツを履き、銀色の大きな半球形バックルのついた幅十センチメートルほどのダークグレイのベルトを締めていた。

このバックルをさらに仔細に見たとき、わたしは驚きのあまり目を閉じてしまった。つまり、見ると同時に、それは見えなくなり……かわりにわたしは、円形の大きな広場から、星々の光のなかでメタリックな微光をはなつ建物のシルエットを見ていた。ドーム形の、立方体の、シリンダー形の……それは非現実的な光景だった。生命あるものはなにも見えない。わたしと不気味な都市の上の暗い空には、まったく知らない星座がきらきらと輝いている。見ているものが現実の光景ではなく、ヒュプノ暗示性効果のあるホログラムであることがはっきりしたとき、わたしはふたたび目を開けた。

しかし、そのときには、謎めいた未知者は消えていた。

わたしはゆっくりとパニシュのほうを向く。いまこそ、〝神聖寺院作戦〟が失敗するかきたときと同じやり方で立ち去ったのだ。

か成功するかの決定がくだされる瞬間だ。

テリエの顔を見たとき、わたしはすごくほっとした。

パニシュの笑顔には、あざけりもからかいもなく、誠実そのものだ。

テリエ・デ・ロークはもうわたしの敵ではない。

わたしの奇妙な視線に気づくと、かれはしずかに笑って、すべてのものを抱きしめるような手ぶりをした。

「驚いているな、妹よ」と、かれはいう。「きっときみは、最初、われわれがホロ・プロジェクションのなかではなく、故郷にいると思ったはず。きみは、光学的・音響的環境の諸条件だけでなく、重力、空気密度、温度、湿度もシミュレートするようなホロ・プロジェクションを経験したことがなかっただろう。これがエスタルトゥの技術だ」

「すごいわ」わたしは無条件にほめた。なぜなら、わたしとその仲間が危機を脱したと知ったいま、この環境が自分にあたえる印象を意識的に認めたから。このシミュレーションの驚くべき完璧さがわかったのだ。

パニシュは誇らしげに胸を張り、

「これはわれわれが持っているとほうもない可能性なのだ、ティンタ」と、説明する。「きみが最後のテストに合格したことを、わたしがどれほどよろこんでいるか、想像することができないだろう。いまきみには、最高の栄光への道が開かれている。いつか、きみはわたし同様、パニシュになるだろう」

「ええ」わたしはそっけなく答える。すでに良心の呵責《かしゃく》にとらえられていたのだ。なぜなら、嘘をつかなければならないので。

テリエ・デ・ロークはしずかに笑い、

「わたしと戦うことになるので、きみが気おくれしていることはわかる。だが、心配はいらない、ティンタ。戦いは公正であり、死は見せかけにすぎない。われわれのだれも、ほんとうにはほかの者を傷つけることはない。基本的には、きみにとって養成速度のどのレベルが適当かを見るための技能試験にすぎない」

「ありがとうございます」と、わたし。「でも、そこにいまもあなたのロボットが立っていて……わたしは武器を持っていません」

わたしがロボットに言及したとき、かれの目に驚きがあらわれた。

わたしはミスをおかしたのだろうか？

いや、そんなことはない！　テリエがふたたび笑ったとき、わたしはそう気づいた。未知者は完璧な仕事をしたのだ。わたしのなかに、未知者のことを知りたいという欲求が目ざめた。かれは何者か、どこからきたのか、そしてなぜ、パニシュに対抗するわれわれを助けたのか。

「ロボットはすこしばかり恐ろしく見えるかな？」パニシュは快活にいった。「しかし、この外観にはなんの意味もない。われわれの武器を運んできただけで、戦いには参加しない」

かれは合図を送る……するとロボットは六本の脚で接近し、テリエのすぐ前で停止すると、ほぼ樽形の胴体上部に開口部を生じさせた。

テリエはそこに手を突っこみ、テラのKHS‐2000タイプの戦闘ロボットの大型インパルス・ニードル銃に驚くほど似たものをふたつとりだした。

そして、わたしにひとつを投げた。それをキャッチしたとき、わたしの膝は数センチメートルさがった。テラナーであれば、押しつぶされていただろう。

「これはヒット・シミュレーターだ。ターゲット判別回路と作用変更機能をそなえている」パニシュが説明する。「環境に潰滅的な被害をおよぼす恐れはあるが、われわれが傷つくことはない。われわれのシャント・コンビネーションの特殊加工のおかげで、命中のさいに、負傷したという感覚と、どの程度の障害をこうむったかの感覚を呼び起こすだけだ」

「では、完全に致命的な命中弾だったときには?」と、わたしはたずねる。

「そのときは、わたしが蘇生装置で助けるまで、きみは意識を失う」と、かれは答える。

「では、わたしが勝った場合、どうやって蘇生装置のスイッチを入れるのですか?」

かれは驚いたようにわたしを見つめたが、それから、わたしのヒット・シミュレーターの当該スイッチを教えてくれた。

＊

水蒸気がたちのぼる湿地の森から、猛獣マムスのうなり声が響いてくる。大気中には硫黄《いおう》のようなにおいが漂い、蒸気ガスが地面を這うように進む。

まるでほんとうにオクストーンの原野を移動しているかのようだ。

しかし、そのような思考にふけるわけにはいかない。テリエ・デ・ロークが一キロメートル前方にいるにちがいない……あるいは、わたしが思っている以上に速く進んでいるなら、もっと近くに。

われわれは島のはしに沿って歩くとりきめをした……ただし、それぞれが反対方向に。

そうすれば、道なかばで出会うことになる。そろそろ三時間が経過するころだ。テリエによれば、直径十八キロメートルのほぼ円形の島なので、その円周は五十六・五二キロメートルになるから、それぞれが遭遇ポイントまで二十八・二六キロメートルを移動しなければならない。すぐれたオクストーン人なら、三時間ほどあればいい。

またもやマムスのうなり声が響いた。それからワニが一匹、わたしから五十メートルほどはなれた湿地の森の縁にあらわれた。

わたしは首をすくめ、文字どおりこわばった。

オクストーンのワニはさほど攻撃的ではないが、なにかで刺激すると、その原因となったものに見境いなく突進してくることが多い……それに、マムスはオクストーン人を踏みつぶすことさえできる。

次の瞬間、真っ白な閃光がはしった。それは一瞬のことだったが、わたしの網膜には、光が消えてマムスが肉の焼けた臭い山に変わったあとも、さらにまる一秒間のこった。

挑発的な笑い声がする。

あやうくわたしはわれを忘れ、笑い声が聞こえた方向に撃つところだった。そのとき、マムスはシミュレーションの景色と同じで真実ではないことを思いだした。対戦相手はいまわしい行為はしておらず、ヒット・シミュレーターがシミュレートされた環境におよぼす効果をわたしに見せただけなのだ。

一心拍ののち、自分も撃つべきだったのだと気づいた。わたしは、決闘で使うこの武器で殺し合うこともひどい負傷を負わせることもできないなどとは、もはや思っていなかったので、撃たなかったのだ。マムスに対するテリエの武器の効果に接して、ようやく理解したが、気持ちを切り替えるのが遅かった。

相手はまちがいなくそれを弱点とみなすだろう。

わたしは辛辣《しんらつ》にほほえむ。

もちろん、弱点とみなすにきまっている。パニシュであるかれには、そのような弱点はない。しかし、その瞬間、わたしは自分に対するかれの見解を修正せず、逆にそれを利用することに決めた。かれが、わたしのことを実際よりも弱いとみなすなら、ひょっとしたら、戦いをわたしにとって有利にするチャンスがあるかもしれない。

わたしは右に転じ、姿勢を低くしてその場から急いではなれ、島の内部に深く入りこんだ。鋼のようにかたい真っ黒な樹幹が、同様に真っ黒な地面のいたるところに転がっている。数年前の強大な火山噴火による火災の証《あか》しだ。そのあいだに、家の大きさくらいある球状植物が根をおろしている。あちこちに平均直径五メートルのパンケーキ形の虹色植物が生《は》え、色鮮やかな花が岩のすぐそばに咲いていた。

わたしはどんどん走るスピードをあげた。ここでは動植物の代表から攻撃される恐れはない。マムスが沼地の森を遠くはなれることはないし、オクストーンでもっとも危険な動物種であるウィプスもクリイト湿地の近くにはあらわれない。ウィプスのからだは鞭《むち》に似ていて、鋼のザイルのようだ。スーパーカメの速度で動くことができ、動物や人間を締めつけ、化学的ショックで麻痺させる。最初は神経系を、次にからだののこりの部分を溶かすのだ。

とはいえ、わたしは遠くまでは走らない。岩が幾重にも入りくんでいるところに亀裂を見つけ、そのなかに跳びこみ、五十メートルほど横に走って立ちどまる。オキナサボテンの藪にかくれ、ある方向をうかがう。わたしが逃走したのはパニックのせいだとテリエがみなしたなら、そこにくるにちがいない……それがわたしの意図したことだ。

実際、パニシュは数秒後にあらわれた。かれはわたしの策略に引っかかり、わたしがずっと先にいると思いこんでいるため、身をかがめず、直立して走っている。

わたしはほんのすこし躊躇《ちゅうちょ》して、それから撃った。しかし、このわずかな時間は、経験豊富な戦士が第六感で危険を察知し、思いきりジャンプして大きな岩ブロックを掩体《えんたい》にとるのに充分だった。

かれが反撃してきたとき、わたしはかろうじて場所を移動していた。さっきまでいたところでは岩が沸騰し、ガス化している。オキナサボテンの藪は灼熱の灰となって渦巻き、そばにあった球状植物は熱のため破裂した。

シャント・コンビネーションの耐圧ヘルメットを閉じなければならないほど熱くはな

かった。閉じれば空調装置が作動し、探知機に対してポジションを明らかにしてしまうことになる。わたしは亀裂のたいらな部分に横たわった。そこにはさらに、直方体の岩の柱二本のあいだにできたせまいスペースがあり、それによって守られていた。

一秒、また一秒と過ぎ、テリエがわたしの策に落ちず、開けた場所に近づかないことが明らかになった。わたしが死んだとみなしているのだろうか。

ぎくりとする。

ひょっとしたら、テリエはすでにわたしの背後にいるかもしれない！

振り向いて相手を探したいという衝動をなんとかおさえた。そのかわりに、きた方向に、身をかがめて走る。半分ほどもどったところで、亀裂にかぶさるように垂れる虹色植物の触腕形の枝に咲く花々を発見した。

わたしは上へと急ぎ、地面を転がり、虹色植物の〝パンケーキ〟のまんなかにうずくまる。すぐに花は閉じ、消化するために、わたしをつつみこみはじめた。

しかし、虹色植物の消化分泌液は、せいぜいオクストーン人の皮膚をかぶれさせるくらいのものだ……それに、わたしは頸まで閉じたシャント・コンビネーションを着用していた。それは効果的に消化分泌液から保護してくれる。

植物は、有糸分裂測定と赤外線探知からわたしを守ってくれた……もちろん通常の光学観測からも。花は、わたしのヒット・シミュレーターの銃身を突きだす隙間を開けているだけだ。

すべてはすばやく進行した。

それにもかかわらず、わたしの準備ができたとき、すでにパニシュはわたしがさっきいた掩体からあらわれた。おそらくかれは、そこでわたしを驚かせることができると思っていたはずだ。わたしがかれを待ち伏せするほど狡猾《こうかつ》ではなく、たんに逃げたのだと確信したにちがいない。つまり、かれは、わたしの追跡を再開するために、ふたたび亀裂に身をかくすことはなく、無防備に走ってきたということ。

わたしは狙って撃つ。

しかし、テリエはわたしが発射ボタンを押す前に大きくジャンプし、地面に身を投げながら撃ってきた。

またもやかれを過小評価してしまった。

かれは自分の真の意図を悟らせまいとしたのだ。実際、かれは即座に、閉じた虹色植物をありうる掩体とみなしたわけだ。

ただし今回は、かれもわたしのスピードを過小評価していた。

わたしは、かれがわたしの〝致命的な〟命中弾にぎくりとしたのを見た。わたしもまた〝致命的な〟命中弾をくらい、意識喪失の闇のなかに投げ飛ばされる。

ふたたび目ざめたとき、恒星イレマはすでに夕闇のなかに深く沈んでいた……かたわらに、テリエの六本脚の特殊ロボットが見える。

ななめうしろから、テリエ・デ・ロークが四つん這いでわたしに向かってきた。

顔をゆがめて笑っている。

「おめでとう、シャド候補生！」と、かすれた声で叫ぶ。「蘇生を長く待たせることになり申しわけない。だが、きみに撃たれるとは思ってもいなかったので、われわれを追跡し観察するようにロボットをプログラミングしていなかったのだ。そのため、ロボットの自動捜索プログラムのスイッチが入るまで八時間かかった。ロボットはここに到着するとまずわたしを、それからきみを助けたのだ」

わたしはふらふらしながら、立ちあがろうとしたが、みじめにも失敗した。

「十五分は待たなければならない。そうすれば、歩けるようになる」パニシュが説明する。「そのときまでに、カンチェンジュンガとマカルーのあいだでおこなわれている訓練は終わり、グライダーがすべての参加者をふたたび収容する」

「それから、どこへ？」わたしはまわらぬ舌で苦労していう。

「エベレストの頂上にあるチョモランマの中枢にもどる」と、かれは答えた。「そこできみの表彰式が待っている。シャド候補生がパニシュとの戦いで引き分けることは非常にまれだ。きみはそれをやってのけた。輝かしい経歴が目前に迫っている、ティンタ」

「ええ、パニシュ」と、わたしは答える。額の奥で思考をめぐらせながら。

わたしは八時間以上ものあいだ気を失ってしまった……仲間たちはすでにソトムに向かって進んでいて、わたしの助けを必要としているというのに、わたしはチョモランマにもどらなければならない。

またもや、わたしは絶好のチャンスに成果をあげることができなかった。こんどこそ、仲間たちを助けるために、必要とあらば〝ノイシュヴァンシュタイン城〟から脱出しなければならないだろう。

2　シド・アヴァリトの報告

ティンタ・ラエのことを考えると、わたしは気鬱《きうつ》になる。彼女をあとにのこしてきたのは早まった行為ではなかったと思って。ティンタをその力のなかにおさめたパニシュは、数秒後には、彼女に関してそれまでとは正反対の考えを持つようになるだろう、という白髪の未知者の予言めいた言葉は、わたしにとってはあまりに曖昧《あいまい》で、とりわけなにも証明力のあるものによって裏づけられていないように思われるのだ。

しかし、ジュリアン・ティフラーは未知者を信頼できると確信し、永遠の戦士のエスタルトゥ技術さえも凌駕《りょうが》する技術を自由に使える男だと主張した。ティフにとっては、それが、未知者のいうことを傾聴する充分な理由だった。さらに、われわれがのこってもティンタを助けることはできない、それどころか、われわれができるだけすみやかにホログラム映像の迷宮から姿を消した場合にのみ、ティンタを助けることができるというのだった。

未知者の主張が真実であることをつねに前提としている。

そこが意見の分かれるところだ。

エルサンド・グレルとわたしが一方の側に立ち、ニア・セレグリスとティフが他方の側に立っている。

それでも、われわれはもちろん……ニアがうまく表現したように……ひとつのボートに乗っている。

ぶんどったグライダーの後部スクリーンを最後にもう一度見て、マカルーの東側とカンチェンジュンガの西側のあいだの黒い塁壁にぞっとした。絶え間なくちっぽけなきらめきが生じては、消えている。

それは、ネット状にのびるプシオン・ラインと重なり合うホロ・プロジェクションを外からうつしだした光景だった。われわれは半時間前にはまだそこにいた……そして、ティンタはいまも、オクストーン人のパニシュといっしょにそこにいる。

彼女が出口を見つけられなかったらどうしよう。われわれはオクストーンの風土のプロジェクションで道に迷った。その縁に到達するまでの七時間、ぞっとするような迷宮をさまよったのだ。

ティフが岩壁をまわるようにグライダーを操縦したので、黒い塁壁が視界から消えた。わたしは捕らえたパニシュに目をやった。われわれの転送機ロボット・ティピ二号を破壊したかれをとりおさえ、ヘビに似たエレクトロン枷《かせ》で縛り、さるぐつわをはめたのだ。

かれは相《あ》いかわらず、いちばんうしろの座席に横たわっているが、いつのまにか目をさまし、視界に入ったわれわれのひとりひとりを憎々しげにじろじろ見ている。

「かれを尋問しないのですか？」と、わたしはニアのほうを向いた。

ティフのパートナーは、いわれたことがわからないかのようにわたしを見つめた。しかし、そうではない。彼女は厄介な迷宮の行進で疲労困憊《こんぱい》していただけなのだ。エルサンドとわたしも疲れはてていた……が、ティフはまったくそうではない。不死者は元気そのものにみえる。不思議ではないが。細胞活性装置がかれの力をよみがえらせるのだから。

ニアがわたしの質問にうなずいて答えるのに、三十秒近くかかった。

「そうするのに充分な元気をエルサンドがとりもどしたら」と、いう。「彼女の才能がなければ、わたしたち、まったくなすすべがない。パニシュは通常の知性体のようには尋問できないから」

「わたしはすこぶる元気ですよ」エルサンドがすぐさま断言する。

あまりに性急だとわたしは思う……その理由も知っていた。わたしと同じアンティであるこの女性は、潜在的にテレパシーと……条件つきで……暗示の能力を持つ。その能力の活性化のためにパラ露を頻繁に使用したことにより、依存症になっている。手のなかでできるだけ多くのパラ露を昇華させるチャンスがあれば、いつでもそうしたいのだ。

もしわれわれが生きてウパニシャド領域から脱出することができたら、彼女は禁断療法を受けなければならないだろう。しかし、それまでは、ときたま彼女に数粒のパラ露をあたえないわけにはいかない……そうすることが、われわれのミッションの遂行に寄与するかもしれないのだから。

ニアは、五つあるシリンダー形パラ露容器のひとつの開封装置をオンにした。通常の方法では、シリンダーを開けることはできない。なぜなら、各容器内のパラ露のしずく千粒の集合体は充分に大きく、蓄えられたプシオン性エネルギーの自然発生的な爆燃につながりかねないから。それはいかなる場合でも、コントロール不能で危険なことだ。それゆえ保管容器内部にはパラトロン・バリア・プロジェクターがあり、常時パラトロン・バリアで内容物をつつみ、プシオン性エネルギーの解放を阻止している。

パラ露のしずく二粒を受けとるために女テラナーにさしだしたエルサンドの手は、震えていた。

彼女は受けとると、手を閉じ、ため息をつきながら、

「二粒ではたりません。すくなくとも、あと二粒はほしい」と、小声でいう。

わたしは、やはりと思ってうなずく。

エルサンドは実際にパラ露を過剰摂取しないと、暗示能力者になれないのかもしれない。

ニアはためらう。

そのときティフが顔を向けて、

「四粒やってくれ、ニア。ただし、五分以内にさせる」

「了解」と、ニアは答え、さらに二粒のプシコゴンをあたえる。

エルサンドはがっかりしつつも、ティフがいったことを理解したようだ。彼女の顔にそれが見てとれた。捕虜はテレパシーに対して免疫があるとわかっている。それゆえ、きっとプシ暗示に対しても免疫がある。ティフは、エルサンドが不必要に長く無理をして、力を出しつくすことを望んでいないのだ。しかし、五分後にエルサンドがパラ露をふたたびあたえられることになるかどうかについてはなにもいっていない。したがって、ティフは、プシコゴンが昇華するまで彼女が手のなかに持ちつづけるのを、見て見ぬふりするしかないだろう。

わたしは捕虜のところに行き、かれを起こし、上体をキャビンの壁にもたせかけた。それから、コード発信機のインパルスでエレクトロン枷をゆるめ、さるぐつわをはずしてやった。

かれはこちらをにらみつけ、数回嚥下《えんげ》してから、憤怒の言葉を発した。

「お供にＧＯＩメンバー数人を連れた、裏切り者のティフラーとセレグリス！　ぶじにウパニシャド領域から逃れることができるなどという幻想をいだかないことだな。自死するか、あるいは楽に死なせてもらえるよう努力するがいい」

ニアはエルサンドにこっそり合図を送り、それから中立的な口調で捕虜にたずねる。

「名前は？」

わたしはエルサンドの額の玉のような汗から、彼女が捕虜を自分の暗示強制下に入れようと努力しているのを見てとった。さらに、彼女の目を見て、なんの効果も得られていないのだと認識した。

「名前は？」ニアはくりかえす。「出身は？　いつもどることになっている？」

パニシュはエルサンドを凝視し、突発的に笑った。

「ほらな！」と、まぎれもない皮肉をこめていう。「きみたちは女ミュータントの助けを借りて、わたしに供述を強制しようとしているが、もちろん、そうはいかない。くりかえしていうが、自死するか、あるいは自首しろ。なにをぐずぐずしているんだ？　わたしの枷を解き、わたしの捕虜になれ！　そうしたら、きみたちがソト＝ティグ・イアンの法廷で正規に裁判を受けられるよう約束しよう」

エルサンドは重いため息をつく。

「なにもできない」弱々しい声でいい、くずおれる。「メンタル安定化のような処置にちがいありません」声はますますちいさくなり、完全に消滅。彼女は前のめりに倒れた。

わたしは彼女のところに駆けよって、シートの背もたれを調節し、慎重に寝かせた。

そのとき、脈をとってみた。弱いが、規則的に打っている。おそらく二十分後には意識をとりもどすだろう。

「きみたちはとんでもなく能なしだ！」パニシュはわれわれを罵倒する。「いいかげんにわたしのいうことを聞け！」

わたしはかれのところに行き、エレクトロン枷を手にとってふたたびさるぐつわにした。枷は、わたしがなにもしなくともぴんと張り、捕虜のさらなる発言を封じた。わたしはかれの両足を横に引っ張る。それで、かれはふたたび横たわる姿勢になった。

「ひょっとしたら、われわれ、かれをこの高さからほうりだすべきかも」わたしは怒りに震えながらいう。「シャントを着たパニシュといえども耐えられないでしょう」

「わたしたち、人殺しではない！」ニアはわたしを強くたしなめる。

「申しわけありません」わたしは謝った。まったくニアのいうとおりだ。われわれ、かっとなって倫理的原則と相いいれないことをするのは許されない。

「たのむから、上のスクリーンを観察していてくれ！」ティフがわれわれの肩ごしにいう。「われわれの装備のなかに浸透ウエハーはないので、ソトムを見ることはできない。だが、ソトムの建っている岩棚までは対探知・対光学バリアで守られてはいないと期待しているのだ。岩棚は自然に生じた構造物だから、バリアを張る意味がない。スティギアンが同じように考えているなら、われわれ、岩が見えるはず。そうしたらソトムがどこに建っているかわかるというもの。長さが三百三十メートルあるので、千メートルはなれたところからでも見えるだろう」

＊

沸きたつ雲の塊りが一分ごとにグライダーの周囲を閉ざしていく。ティフラーがグライダーを上へと浮遊させながら接近して飛んだ岩壁はもう見ることができない。とはいえ、雲はグライダーの探知システムの妨げにならない。ポジトロニクスがスクリーンを、外側カメラから光速走査機に切り替えた。

正方形の画面に、周囲の世界が鮮明にあらわれた。ティフはさらに、ハイパー走査機のスイッチも入れて、コクピットにあるほかのスクリーンで見えるようにする。

スクリーンにうつっているものを見ようと、わたしはからだを伸ばす。

パニシュのグライダーのハイパー走査機ならひょっとしてソトムを探知できるかもしれないという希望が突然、わたしに芽生えたが、残念ながらかなえられなかった。われわれの上方に、マカルーの花崗岩、氷、雪以外のものは、どの側にも発見できない。なぜなら、ハイパー走査機のインパルスは岩を貫通するのだ。わたしは肩をすくめ、振り向いて捕虜の顔を観察した。動揺があらわれている。どうやらパニシュはいまようやく、われわれがかれのソトの本部を探していると理解したようだ。

わたしはかれから目をそらし、グライダーの天井スクリーンに目をやる。裂け目のたくさんある、氷と雪におおわれた花崗岩がうつっていた。すぐ上にいくつもの岩棚があるような印象を受ける。しかし、三十秒後、われわれが探している岩棚がほかのすべてをはるかに凌駕しているのを、わたしは見た。これこそ、言葉の真の意味で特異なランドマークだ。

それは石に彫られた巨大な顔の大きな鼻のように、花崗岩の岩壁から水平に突きでていた。

「あれだ」と、ティフはいい、岩棚に横から近づくようにコースを修正した。「もちろん、われわれの探知は岩棚を見ているにすぎない。つまり、まさにあれがそうだというわけではない。ハイパー探知で、あの岩のなかに、よりちいさな基地があるように思われる個所を多数発見した。それらは例外なく〝われわれの〟岩棚より下にある」

わたしはこんどは前に行き、近くから見た。

ほんとうだ！　ハイパー走査機の探知スクリーンには、すくなくとも八つの反射する構造物が認められた。そこには、メタルプラスティック製の厚い外壁を持つちいさなブンカーや基地がある。

突然、ティフがグライダーを停止させた。

「どうしました？」わたしはつぶやき、通常スクリーンに目をやる。べつのグライダーが接近しているのではないかと恐れたからだ。「わたしにはなにも見えませんが」「わたしにもだ」ティフが答える。「だからとまったのだ。ニア、きみはティピ四号をソトムの方角に送ったな。違うか？」

「わたしたちがエルサンドのいうところにしたがってソトムだと推測した方角にね」かれのパートナーが訂正する。「彼女はティンタの思考からポジションを読みとって……そのポジションは現実とほとんど正確に一致していたようだわ。いま、わたしは四号がどこにいるのかと、自問しているのだけれど。本来なら、わたしたちは四号を目にしているか、探知しているはずなのに」

「四号がソトのドームの対探知・対光学バリアで守られていれば、話はべつです」エルサンドが言葉をさしはさむ。「四号が告げられた方角にそのまま進んでいれば、神聖寺院にぶちあたっているかもしれません」

座席のうしろで物音がする。もちろん、パニシュはわれわれが話したことすべてを聞いただろう。いまではわれわれがソトムを探していて、それを確実に見つけるだろうとわかっている。まちがいなく、それを妨げるためならなんだってするのをおのれの義務とみなしているはず。

わたしはうしろへ行き、かれがちゃんと拘束されているか、チェックした。三つの枷はすべて締まっていた。

「四号がほんとうに対探知・対光学バリアを通過したのなら、ソトムの既存の保安装置はまちがいなくそれに反応したにちがいない」と、ティフは、転送機ロボット四号の運命について声に出して考える。「四号が妨害を受けずにいるとは想像できない」

それにもかかわらず、かれはグライダーを上昇させつづける。ほかにできることはない。

三分後、われわれは巨大な岩棚の上側と同じ高さにいた。無数に亀裂のある風化した花崗岩の表面が見える。もちろん、ソトムがそこに設置されているとすれば、このような外観をしていないだろう。つまり、対探知・対光学バリアは、人工光学装置や知性体の視覚的印象を惑わす偽装コンポーネントをも有しているということ。

「ヘルメットを閉じろ！」と、ティフはいう。「セランをチェック！　われわれ、すべてを考慮に入れねばならない。いまからソトムに接近する。対探知・対光学バリアが輪郭モードに切り替えられていなければ、ソトムが見えるにちがいない」

「わたしたちがパニシュのグライダーを手に入れたのは、おそらく幸運な偶然だったようね」と、ニアはいった。同時に耐圧ヘルメットを閉じ、ヘルメット通信でつづける。「グライダーのポジトロニクスが種々の時代に有効な識別コードをすべて知っているのはまちがいないわ。ソトムの保安システムが身元確認を要求してきても、ポジトロニクスは正しく答えられるでしょう」

「ふむ！」と、ティフがうなる。「操縦士の反応をもとめられないことを願おう。まさにいま、ここの赤い面が光りはじめた。これはソトムのＩＤ要求の合図なのかもしれない。が、このセンサーに触れていいものかどうか、わたしにはわからない」

「疑わしい場合には、むしろなににも触れないほうが」と、ニアがいう。

「それが正解だったようだ」と、ティフ。「赤い面はもう光っていない。そのかわり、グライダーが牽引ビームにとらえられたらしい。岩棚に引っ張られている。しかし、だからといって警戒をおこたるな！」

花崗岩の垂直の壁が前方スクリーンにあらわれたとき、エルサンドが甲高《かんだか》い悲鳴をあげた。それは、前方スクリーンすべてを埋めつくし、つかめるほど近くにあるように思われた。

ソトム！

われわれは対探知・対光学バリアを突破し、スティギアンの本部のすぐ前にいた。それから巨大な建造物の間近に運ばれ、向きを変えられ、そのすぐ横の、岩棚の上におろされる。わたしは無意識に息をとめた。

着いた！

もちろん、実際には、いまこれからようやくすべてがはじまる……

3　エルサンド・グレルの報告

わたしのパラ露のしずく四粒は、われわれがソトのドームの対探知・対光学バリアを通過したとき、ようやく半分だけ昇華していた。だから、わたしはテレパシー能力をまだ完全に使えた。

それが、突然わたしが未知知性体の意識インパルスをキャッチした理由だ。まったく予想していなかったので、驚愕した。なぜなら、スティギアンの本部に関する、われわれの……あまりに乏しい……情報により、ソト不在時には、だれもかれのドームに入ったり滞在したりすることは許されないと知っていたから。だからこそ、われわれは、かれがテラにいないときを選んでミッションを決行したのだった。

仲間たちはすぐに、わたしになにかが起こっていることに気づき、わたしをとりかこんだ。

「どうした?」と、シド・アヴァリトが訊く。

「意識インパルスよ」わたしは興奮して答える。「ソトムに知性体がいる。ひょっとしたら、わたしたち、罠にかけられたのかもしれない」

ジュリアン・ティフラーがわたしの同族を横目でちらりと見た。

ティフがなにを考えているかわかる。カトマンズでのシドのブラックアウトがほんとうに無害なものだったという確信を、完全には持てないでいるのだ。ひょっとしたら罠かもしれないというわたしの発言が、その不信をふたたび強めていた。

「その未知意識はなにを考えているの？」と、ニア・セレグリスが訊く。

そう、いったいなにを考えているのだろう？

わたしは興奮したものだから、一度も未知知性体の思考表明に集中しようとしていなかった。やってみる。

しかし、そこにはなにもなかった。

わたしに認識できたのは、ソトムのバリアの内側のどこかに、知性体がいるということだけだ。ソトムのどこにいて、どれほどいるのかは、まったくわからない。

これはとりわけ、対探知・対光学バリアが内側からくる意識インパルスを反射し、拡散しているからかもしれない。そうだとしても、思考を得られるはずなのだが。

「確認できません」わたしはニアの質問に答えた。「いってみれば、まるですべての思考が、生じた瞬間に〝吸いあげられる〟みたいな感じなので」

「だが、アイデンティティは認識できるだろう」と、ティフ。

「本来なら、そうです」と、わたしは認める。「しかし、ここでは異なるのです」

「ひょっとしたら、われわれ、ほんとうに罠にかけられたのかもしれない」シドがしょんぼりという。「カトマンズでのブラックアウトが偶然でなかったとしたら、わたしが間接的に裏切り者になったということもありえます。それで、パニシュたちはわれわれの計画を知った。なにかが〝白い寺院〟であったんだ。ブラックアウトのあいだに体験したときのことが、徐々に浮かんできます。だれかがわたしにパラ露のにせものを出してきました」

「パラ露のにせもの？」と、わたし。「そんなものは存在しない！」

シドは肩をすくめ、

「ひょっとしたら、わたしも夢をみただけなのかもしれない、エルサンド。正確なことはなにもわからない。思いだしたと思ったことも、すべてさだかではなくなっている。シャン四名のことも」

「どのようなシャン四名だ？」ティフが鋭くたずねる。

シドは悲しげに不死者を見つめる。

「わかりません。わたしにわかるのは、いつかどこかでシャン四名に会ったことと……恐怖を感じたことだけです。かれらに脅されたんだと思います。逃れることはできましたが」

「シド！」ティフは大きな声でいう。「申しわけないが、きみがいまいったことから推測すれば、きみが敵に尋問され、細工され、ひょっとしたら〝寝返らされた〟可能性を排除できない。もちろん、きみ自身はそのことを知らないが、きみの下意識の底にその情報が眠っているのだ。それはテレパシーで発見できる。たのむから、エルサンドのテレパシーによる調査を受け入れてほしい」

　シドは身をすくませた。わたしは気の毒に思ったが、その後、かれは不安が解消されたような顔つきになり、同意した。

「そんなことはやりたくありません」と、わたし。「ほかの知性体の個人的領域に入るのは、わたしにとってはタブーです……ＧＯＩの敵が関わっているとき以外は」

「わたし自身がきみにやってほしいのだ、エルサンド！」シドはほとんど懇願するようにいう。「自分になにが起こっているのかはっきりさせたい」

「わかった」と、わたしは答える。「なにも考えないようにしていて。そうしてくれれば、わたしの作業はずっと容易になるので」

　シドはゆったりとすわり、リラックスし、できるだけなにも考えないよう努力していた。わたしにそのことがわかったのは、かれに意識を集中し、プシ能力でかれの意識のなかに入りこんだときだ。しかし、なにも考えないのはかれにとってむずかしいということにも気づいた。ブラックアウトに関わる思考がくりかえし浮かんできて、意志とは関わりなくいやおうなしに自分たちのミッションに対する裏切り者となった可能性があるのではないかという、かれを動揺させる問いかけがなされるのだから。

とはいえ、わたしはかれの意識のなかに、役だつものはなにも発見できなかった。だから、〝階段をおりる〟ことにする……われわれテレパスが知性体の下意識に入りこんでいくとき、こう表現するのがつねだ。

わたしはカオス的な混乱状態に遭遇し、ショックを受けた。パニックにおちいり、できるものなら、かれの下意識からはなれたいほどだった。

ここには、わたしがいままでに出会ったなかでもっとも恐ろしい悪夢が数ダース〝貯蔵されて〟いた。シドはなんの自覚もないまま、病的な幻想を持っているように思われた。どうやら、かれは悪夢をみて、それが意識に到達する前に、すべてを下意識に追いはらったようだ。それにもかかわらず、この恐怖のストックは、まわり道してかれを強く苦しめているにちがいない。

神聖寺院作戦を終えたらすぐに、わたしはかれを暗示性テレパシーで助けなければならない。何回か治療をほどこせば、悪《あ》しき精神的重荷から解放されることになるだろう。

わたしはみずからの言動をつつしむことにした。いま重要なのは、シドが敵によって影響され、ひょっとしたらプログラミングされたかどうかを見きわめることだ。あるいは、われわれがかれに全幅《ぜんぷく》の信頼をおいていいかどうか。なぜなら、それが確信できたときだけ、われわれはかれといっしょにソトムに入っていくことができるのだから。そうでなかったら、やることはひとつだけ。つまり、かれを麻痺させ、拘束し、パニシュといっしょにグライダーにのこすしかない。

わたしはふたたび任務に集中した……すると、数秒後に、強いインパルスがわたしをたたき、解決の糸口を提示してくれた。

わたしの精神の目の前に、青ざめたまるい顔があらわれ、ふたつの赤い目が燃えているように見えたとき、思わず叫んでしまった。

その口が開いて……わたしはたしかに、自分の意識のなかに精神的手段でしか入ってこられないものを、音響的に聞いたと思った。

「シドは清廉潔白だ」と、なにかが、あるいはだれかがいう。「いいかげんにかれを疑うのはやめろ！　シドのブラックアウトは、かれに害をあたえる恐れのある知識から守るためのものだ。わたしがかれときみたちを助けた。なぜなら、われわれには同じ敵がいるから。しかし、わたしの名前がふたたび持ちだされないよう、わたしは暗闇のなかにとどまらなければならない。幸運を！」

だれかが低音で笑うのをたしかに聞いた。その後、わたしはシドの下意識から浮かびあがり、かれの意識を通って、ふたたび自分自身のなかにもどった。

「なにを突きとめた？」と、ティフが訊いた。スイッチ・ニードル銃をシドに向けている。「きみはいきなり蒼白になり、震えはじめたが」

　突然、わたしは笑いだす。

「武器をしまってください、ティフ！」と、いう。「シドはまったく問題ありません。わたしはかれの下意識に蓄積されている悪夢に驚いただけです」

「なぜきみは〝ありがとう。あなたも！〟といったのだ？」と、ティフが訊く。

「それは反射的行動ですね」と、わたしは説明する。「だれかがシドの下意識にメッセージをのこしたんです。そのだれかは、かれとわたしたちを助けたのですが、自分の名前がふたたび持ちだされないよう、暗闇のなかにとどまらなければならない、といっていました。メッセージは〝幸運を！〟で終わったんです」

「なるほど！」と、ティフはそっけなくいい、武器をしまう。「シド、きみの嫌疑は晴れた」

「メッセージの信頼度をどうやって究明するつもりなの？」と、ニアはティフのほうを向く。

　不死者は事情に通じているような笑みを浮かべ、

「直感だよ、ニア。思いだしてごらん。絨轄《ロンシャー》でエルサンドを助けた未知者や、オクストーンのホログラム映像のなかでティンタとわれわれを救出した、若々しい白髪の男のことを。だが、カトマンズでシドを助け、かれをブラックアウト状態にしたのは、それらと同一人物ではない。かれはそこに本来の姿であらわれることも、シドがそのことを思いだすことも望まなかったのだ！」

「力ある者がわたしたちを守ろうと手をさしのべたとでも？」ニアが疑わしげにたずねる。

「わたしはそうだと確信している」と、ティフは答える。

わたしは確信できない……いずれにせよ、同じ人物が三度われわれに有利な結果になるよう介入したというティフの仮説に関しては。

いや、シドのケースはべつの人物だった。

もちろん、シドの下意識においてわたしのプシオン性センサーの前にあらわれた顔がどのようであったかを報告すれば、このことを明らかにできるだろう。しかし、わたしは用心した。なぜならその顔は、ティフの意識においてダライモク・ロルヴィクという名前を連想させるだろうから。

わたしはそれがダライモク・ロルヴィクではなく、祖先のすぐれた能力をすこし受け継いだ、かれの子孫のそのまた子孫のひとりであると確信しているのだが。

ひょっとしたらティフもそう思うかもしれない。けれど気分は絶対によくないだろう。なぜなら、ロルヴィクの名前をあげただけで、不死者は、赤い布を前にした雄牛のように興奮すると思われるから。

だれにでも、過敏になってしまうポイントはあるものだ……

＊

攻撃は不意打ちといっていいほど、思いがけないものだった。

なにが起こったのか、ティフ、ニア、シドが気づいたときは確実に遅すぎた。すばやく気づいたのはわたしだけだった……わたしのテレパシー能力がパラ露によって活性化され、こぶしのなかにいまなおプシコゴンののこりがあったからにすぎないのだが。

そのため、わたしは鋭い思考インパルスをキャッチし、それがわれわれの捕虜から発せられたものであること、テレパシー性インパルスであることを認識できたのだ。

このパニシュはミュータントだ！

わたしはスイッチャーをすばやく右手におさめると同時に、それを超強力な高エネルギー弾倉に切り替え、転換フィールドの銃口を分子破壊モードにセットした。

わたしの直感的反応はすこしも早すぎることはなかった。

パニシュが着用しているシャント・コンビネーションのベルトのポケットのひとつが開き、そこからなにか黒っぽいものが出てきたのを見た。

同時に、わたしも撃った。

黒っぽいものに五次元性分子破壊ビームが命中。しかし、その黒っぽいものはあまりに高速で、完全に消滅させることはできず、もうすこし先まで爆進していく。とはいえ、もはやコントロールを失っており、キャビンの天井にぶつかって床に落ちた。シートのあいだでぐるぐるまわり、数秒後にはとまってしずかになった。

「触るな！」ティフが警告する。「まだ危険かもしれない」

「なんなのですか？」と、わたしはたずねた。

ティフは床の残骸に前かがみになり、まるでそれを目で解剖しているかのように観察し、それから真剣な表情でいう。

「まちがいなく飛翔ミニロボットだな。結晶化したイモルグラディン製の針を撃つことができる。ただわからないのは、どうやって捕虜がそれをスタートさせられたのか」

「イモルグラディン？　あの陰険な神経毒？」シドは真っ青な顔でいうと、震える手でセランのベルトのケースからスイッチャーを抜き、パニシュに狙いをつけた。「その代償に、かれを殺すしかありません」

「だめだ！」と、ティフはいい、シドを押さえる。「きみも知っているだろう。戦士崇拝の信奉者は自由意志で行動するのではなく、法典ガスを吸いこむことで、永遠の戦士の法典にしたがうしかないように洗脳されている。それを肝に銘じなければならない」

「ええ、そうですね」シドは抑揚なく答え、武器をしまう。「しかし、だれかがわたしをひどく恐ろしいやり方で殺そうとした場合、そう考えることは、わたしにはいつもむずかしい」

「そうする努力をしなさい、シド！」と、ニアが警告する。「わたしたち全員、いつもそのことを考えなければいけないわ。間違ったことをしないように」

「もういいだろう！」と、ティフがいい、すわった目を自分に向けているパニシュに近づく。「どうやってかれが殺人ロボットを作動させたのかを知らなければならない。完璧に拘束されていたと思われたのに」

ティフはわたしを見つめ、

「きみが最初に危険を認識した。さもなければ、われわれ全員、もはや生きていなかっただろう、エルサンド。そのことを、われわれはけっして忘れない。しかし、いまわたしは知りたい。なぜよりにもよってきみだけが、捕虜がやろうとしていることに気づけたのか」

「かれから鋭いテレパシー・インパルスを受けました」と、わたしは説明する。「このパニシュはテレパスです。ひょっとしたら暗示能力者でもあるかもしれません。いずれにせよ、かれは能力を実行するのに、パラ露を必要としません。常時、そなわっていますから」

「つまり、かれは真正ミュータントなのね」ニアは讃嘆するようにいう。「ウパニシャド領域を去るときには、かれも連れていき、その法典狂気を治療しましょう。かれはG

ＯＩにとってとてつもない利益になるわ」

「もちろん、われわれ、そう試みよう」と、ティフは答えた。「しかし、まずは、かれがどのようにして殺人兵器を発射したかという問題がある。兵器にはテレパシー性の引き金があるのだろう。つまり、プシオン性思考インパルスによって作動させられるということ。みんな、この捕虜は拘束していても危険だ」

ティフが突然スイッチャーを手にとったかと思うと、わたしはパラライザー発射の高い音を三度聞いた。パニシュが身をすくめ、こわばらせる。

「三度、撃たなければならなかった。さもなくば、シャントのおかげで麻痺が持続しないのだ」と、不死者は説明する。「シド、ここにきて、かれのシャントを脱がせるのを手伝ってくれないか！　それから、さらに好まざる驚きに見舞われることがないよう、外で、シャントを分子破壊銃で集中的に撃って消滅させよう」

男ふたりはいっしょに、こわばって横たわっているパニシュから〝第二の皮膚〟ともいえるシャント・コンビネーションを剝ぎとると、それを徹底的に調べ、まるめた。

ティフはまるめたシャントを腕の下にはさみ、もう一度、捕虜を振り返った。

「行こう！　われわれ、ソトムへの侵入を開始する潮時だ。スティギアンは永遠に不在ではないだろうから」

4 ジュリアン・ティフラーの報告

コード・インパルス探知機がたった十分でグリーンをしめしたとき、わたしはとても信じられなかった。

グリーン表示になったということは、探知機が、外側ハッチの保安封鎖回路を無効化するコードを解読したことを意味する。

これまでさんざん神経と時間を使って、予想せぬ出来ごとをいくつも乗りこえ、ようやくことがスムーズに進行するように思われた。

それにもかかわらず、コード・インパルス発信機にコードを入力しながら、心のかたすみに暗い予感があった。こんなに短い時間でソトムの封鎖コードを解読できる確率がどれほど低いかは、ポジトロニクスがなくとも、自分自身で見当をつけることができる。すくなくとも一時間半はかかるだろう。

「最大限の注意を！」わたしは仲間たちに注意喚起する。

残念ながら、それ以上のことはできない。わたしはコード・インパルスを使わざるをえないのだ。そうするしか、スティギアンの本部に入ることはできない……暗い予感はさておき。

用心のため、コード・インパルス発信機を作動させる前に、スイッチャーを手に持って分子破壊モードにセットした。

ハッチの半分がスライドする。しかし、予想に反し、その奥は暗いままだ。

ヘルメット投光器のスイッチを入れるべきかどうか考える。そのとき、高さ三メートル、幅三メートルの怪物があらわれた。

残念ながら、わたしがようやく怪物を見たのは、それが暗闇からあらわれ、低い位置にある夕日の輝きのなかに足を踏みだしてからだ。なぜなのか、説明の必要はない。わかっているから。怪物は特殊コーティングによって光をほぼ反射しないので、恒星光や人工光のなかではよく見えない。暗い背景ではまったく見えないも同然なのだ。

それはティピ、つまり宇宙ハンザの武器実験室製の転送機ロボットだった……正確にいうと、ティピ四号だ。

わたしはコード発信機を手にとることができなかった。怪物が腕を振りながら襲いかかってきたので。腕の長さはそれぞれ二メートルあり、太腿《ふともも》のように太い。わたしはひと言も発することができないまま、どうにかセランのパラトロン・バリアを作動させた。すばやく一歩後退するのが精いっぱいだった。そうしなかったら、次の瞬間には死んでいただろう。

背中がなにかにぶつかり、ヘルメット通信でニア・セレグリスの驚愕した悲鳴が聞こえた。精神の目に、彼女が岩棚から数千メートル下の深みに落ちていくのが見える。グラヴォ・パックのスイッチを入れるよう叫ぼうとし、彼女のほうを向こうとした。しかし、どちらもできなかった。なぜなら、ロボットが追いかけてきたからだ。わたしはさらに後退するしかなかった。後退する以外のこともいくつか頭に浮かんだが、どれもだめだ。現実味のないことばかりだった。

次の瞬間、足もとの地面が失われ……一瞬のち、わたしはソトムが建つ岩棚のへりに指でしがみついていた。

目のはしで、右側にほかにもだれかがぶらさがっているのをとらえた。ニアにちがいない。しかし、顔を見ることも話しかけることもできない。おのれを支えるために、全力を使う必要があった。

もちろん、墜落は最期を意味するものではない。使おうと思えば、いつでもグラヴォ・パックや背嚢《はいのう》のほかの装置を使うことができる。しかし、グラヴォ・パックを使用すれば、ウパニシャド領域にばらまかれている探知システムに気づかれ……その場合、確認のために、まちがいなくパトロール隊がくるだろう。そうなれば、われわれのミッションは、ほんとうにはじまる前に失敗することになる。

この思考に費《つい》やした時間はせいぜい十分の一秒だ。次の十分の一秒後、甲高い音が聞こえた。仲間のうちのだれかがジャマー、つまり五次元ベースで作動する妨害装置を使用して、ティピのポジトロン脳を混乱させ、遮断したのだとわかった。

疑いなく、ほかのリアクションでは置き換えられない、理にかなった沈着な行動だ。これがわれわれの命を救った。と同時に、ティピ四号の実質的存在を失わせる結果になる。なぜなら、ロボットのポジトロニクスが遮断されたとき、バランスをたもっているジャイロトロンもとまったからだ。

わたしの左側で、巨大な影が深みに落ちていくのがかろうじて見えた。しかし、頭を動かして目で追ったりはできない。そんなことをしたら、わたしは支えを失ってしまう。とはいえ、もう一分以上は持ちこたえられないだろうが。

この瞬間、修行段階の最初のステップで習得したチャリムチャルに感謝した。そのおかげで、わたしは完全に肉体をコントロールできる。超高速の反射、苦行者にも似た能力があたえられていた。これがなければ、もうとっくに手をはなしていただろう。

数秒後、わたしの両腕がふたつの手によってつかまれた。エルサンド・グレルとシド・アヴァリトがわたしを縁の上に引っ張りあげ、まだ開いているハッチの方向にすこし引きずっていく。ほっとした。そこにはニアが横たわり、はげしくあえいでいた。わたしは目眩《めまい》がした。

しかし、数心拍後には、ふたたびはっきり見えるようになり、よろよろと立ちあがる……同時に、ニアも立ちあがった。すこしのあいだ、たがいの前腕をつかみ、助かったことを祝福し合った。それから、シドがわたしにさしだしたスイッチャーを手にとる。わたしのものだった。さいわい、それは上にのこっていたのだ。

「かれらがティピ四号を寝返らせたのです」エルサンドがいう。「ティピは人間ではないので、完全ポジトロン製の保安装置に細工したという意味ですが」

「そういう可能性もあると考えなければいけなかった」わたしは消耗した力が回復していくのを感じながら答える。「永遠の戦士の技術水準を知っていたのだから」

「充分にとはいえないわ」と、ニアがなだめる。彼女の表情は考え深げになる。「そのうえ、かれらの技術はたえず進歩している。ただ、わたしは自問しているの。わたしたちのロボットを寝返らせたということは、かれらがソトの敵の侵入を予想していたことを証明している。なのに、なぜソトムの保安装置は、全ウパニシャド学校に警報を出さなかったのだろうか、と」

「ひょっとしたら、かれらは警報を出したのでは」シドがいう。

「だとしたら、パニシュとシャンでいっぱいの戦闘グライダーがとっくにここにいるはずでしょう」と、ニア。「いいえ、わたしは確信している、ポジトロン保安装置は広範囲におよぶ警報を発していない、と。ただ、その理由がなんなのか」

「スティギアンのメンタリティに答えをもとめることができるのではないか」と、わたしは説明する。「クラーク・フリッパー基地の主シントロニクスが作成したスティギアンのサイコグラムによると、かれは名誉法典を極端なまでに重んじている。つまり、かれは戦いにおいて、たえず敵に多くのチャンスをあたえ、自身が真の危険にさらされるようにしているわけだ。それゆえ、かれが自分でそのようなルールを司令本部の保安装置に付与した可能性はある」

「わたしには想像できません」と、エルサンド。「そんなことしたら、敵がソトムに侵入し、極秘情報プールから情報を盗みだすのを意図的に許すことになりかねないのに」

わたしはふたたび考えをめぐらせる。

エルサンドの異議はもっともだ。それにもかかわらず、彼女は何かを見おとしている。「われわれがかれの極秘情報プールから情報を抜きとることに成功したとしても、ぶんどった情報を持って脱出できるわけではない」と、わたしははっきりさせる。「スティギアンは名誉法典を重んじすぎるが、おろか者ではない。敵に意図的にチャンスをあたえているといっても、それは、かれがおのれの敗北を甘受するなどという意味ではないのだ。戦いはかれが望むように経過するのかもしれない。つまり、戦いの終わりにはつねにソトの勝利があるということ」

「しかし、それでは、われわれはけっして、ソトムをはなれることができないと確定していることになるのでは」と、シドがいう。

わたしは笑わざるをえない。

「われわれにとってはそうではない、シド」と、わたしは答える。「スティギアンが望んでいることと、かれにできることは、またべつだ。つまり、われわれにとっても、戦いの終わりにはつねにわれわれの勝利がある。自分たちとその可能性を過小評価すべきではない」

わたしは、捕虜のシャント・コンビネーションを分子破壊銃で消滅させた個所に目をやる。岩棚の表面は、被害をほとんど受けていない。すこしざらざらしているが、そのようなシュプールを探せば認識できるという程度だ。

「計画をすこし変更することを提案するわ」と、ニアがいう。

わたしもそれは考えていた。しかし、そんなそぶりは見せない。なぜなら、ニアがわたしと同じ結論にいたっているかどうかを知りたかったから。

「聞かせてくれ！」と、わたし。

「ティピ一号をグライダーにのこさないで、ソトムに連れていくべきではないかと」ニアは説明する。「そのほうが、一号が敵のロボットからわたしたちをよりよく守れるというだけではないの。保安装置は一号のことも同じように寝返らせようとするんじゃないかしら。それで、かくしておきたい情報がぽろっと洩れることになれば、わたしたち、装置を無害化できるかもしれない」

「いいアイデアだ」わたしは人生の伴侶《はんりょ》に賛意を表明する。自分も同様のことを考えていたとは明かさずに。そうでなくとも、二千歳以上の年齢差があるので、必然的にはるかに多くの知識と経験を持っている。ニアにとって、ある男のくだした判断が自分の判断より根拠があるとわかっていながら、かれの横にいつづけることは、しばしばむずかしいと思われるからだ。

わたしは発信機をベルトからとりだし、一号に、グライダーをはなれてわれわれに追いつくようにと命じる。

＊

ソトムに最初の一歩を踏み入れたところで、スティギアンの極端な名誉法典は、目的地へ向かうわれわれの道が、けっして散歩みたいなのんびりしたものではないことをしめした。

耐圧ヘルメット内部でけたたましい警報が鳴り、多数の赤い発光が表示されたのだ。セランの機能が著しく乱されているということ。

もはや助かる状態ではなく、危険だ。すみやかにソトムをはなれる以外、わたしにははなすすべがない。

「どうしたの？」ヘルメット通信からニアの声が聞こえた。「あなたは二分そこに立っていて、呼びかけに応えなかった。わたしはあなたを一号によって救いだそうとしたところよ」

「二分？」わたしは驚いてくりかえす。「わたしの感覚では、たった一秒だが。われわれ、パラトロン・バリアを作動させなければならない。ここにはプシオン性フィールドがある……スティギアン・ネットのなかや、カンチェンジュンガとマカルーのあいだにあったホログラム映像の内部と同じく。ただし、プシ・プレッサー・フィールドのようなもので強化されているようだ。わたしのセランの機能は完全に乱れている。おそらくきわめて強力な磁場の影響によるのだろう。経過時間に関するわたしの誤った判断は、プシオン性フィールドがネガティヴな影響をおよぼしたせいだ」

「パラトロン・バリア？」シドがくりかえす。「しかし、それでは、われわれの居場所を教えてしまうのでは」

「外から探知されることはない」わたしは答える。「対探知・対光学バリアによって探知は阻止される。それに、四号のプログラミング変更とプシオン性フィールドがしめすように、われわれがこのなかにいることはすでに知られている。保安装置は、侵入者をさんざんうろたえさせるよう仕組まれている」

わたしは一号にも、パラトロン・バリアを張って輪郭モードに切り替えるよう命令を送り、回避可能な被害をソトムの内部で引き起こさないようにした。それから、われわれは、自分たちのパラトロン・バリア・プロジェクターを同様に操作した。

　わたしはふたたび先に立って行く。

　今回はセランの機能は乱れなかったし、プシオン性フィールドの影響も感じない。しかし、フィールドはいまも存在する。踏み入った部屋を照らす、グリーンがかった光からそれがわかる。強い光がはげしく揺れる影響下で精神が混乱させられないよう、チャルゴンチャル段階において獲得した能力のいくつかを投入しなければならなかった。

　ニアのことを心配する必要はない。わたしと同じくウパニシャドの修行を受けているから。シドとエルサンドにしても、GOIの基礎訓練でシャン同様の訓練を受けていた。そうでなければ、かれらを、永遠の戦士の従者との戦いに動員することはできなかっただろう。

　ゆっくりと進みながら、まわりを注意深く見る。

　最初の部屋は、長さ百メートル、幅百メートル、高さ五十メートルのホールだった。高さ、幅ともに十メートルほどの中央通路以外は、機器類でいっぱいだ。その目的は一部しかわからない。ほかに、シントロニクス端末や監視・観察装置もあり、スクリーンにはいろいろな惑星の出来ごとがうつしだされている。どうやら、ソトムから銀河系の広大な宙域を監視することができるようだ。

とはいえ、かんたんには装置類に近づけない。それらをプシオン性フィールドの影響から遠ざける、赤く光る防御バリアの向こうに設置されているから。

この防御バリアのプロジェクターがどのように設計され、作動するのか、おおいに関心があった。スティギアン・ネットを破壊あるいは無効化したいのなら、いつかわれわれはこれにとりくまなければならないだろう。そのことはGOIの主目的のひとつなのだから。

これとの関連で、わたしはポルレイターのことを考えずにはいられない。球状星団M－3にいるポルレイターは、ほかの銀河から完全に孤立している。なぜなら、永遠の戦士はそこでスティギアン・ネットにとりわけ密な〝結び目をつくっている〟からだ。

それが意味するものは、本質的にただひとつ。戦士たちは、ポルレイターは永遠の戦士にとって、かならずしも親しめない存在ということだろう。ポルレイターとギャラクティカーがいっしょになってかれらの力に揺さぶりをかけるのを恐れている。そう考えると、わたしがポルレイターに注意をはらい、かれらとコンタクトをとろうと決意していることには、充分な理由があることになる。

わたしはそれ以上このことを考えるのはやめにして、ティピを観察し、なんらかのアクションがくわえられるタイミングを逃さないよう集中する。

とはいえ、これまで、ロボットは妨害を受けていない。わたしとニアにはさまれたかたちでこの部屋の向こうはしに向かって動いている。どうやら、パラトロン・バリアはロボットを完璧に防御しているようだ。その結果、保安装置はロボットに危害をくわえることができない。

ためしに、わたしはコード発信機のスイッチを入れ、〝状況報告〟のボタンを押してみた。すると、まさに恐れていたことが起こった。

わたしのパラトロン・バリアのごく些細《ささい》な構成要素がエネルギー・アンテナに切り替わり、通信できる状態になった瞬間、中央通路内に渦巻くプシオン性フィールドによってなにかが出現したのだ。きわめて強力な磁気フィールドがセランのいくつかの機能を麻痺させ、わたしの感覚を混乱させた。

急いでコード発信機のスイッチを切る。すぐにセランがふたたび申しぶんなく作動するようになり、感覚混乱もなくなったので、ほっとした。とはいえ、このような状況で、どのように装置に近づき、記憶バンクに応答をもとめたらいいのか、わたしにはわからない。さしあたりわれわれにできることは、先に進み、なにか問題が発生した場合、それに対する解決策が見つかることを望むだけだ。いずれにせよ、最初の部屋には、われわれが探しているきわめて重要なデータはなにも蓄積されていない。

それ以上突発的な出来ごとは起こらず、われわれはホールのはし、つまり第一の部屋と第二の部屋を分けている隔壁に到達した。

と同時に、中央通路のプシオン性フィールドが消えた。ホールは、天井と側壁にあるグリーンの発光プレートで照らされているだけだ。

われわれはそこに立ち、目くばせし合い、それから同時にヘルメット通信のスイッチを入れた。パラトロン・バリアのなかでエネルギー性の送受信アンテナのスイッチが入っても、こんどはネガティヴな影響は生じなかった。

「保安装置がプシオン性フィールドのスイッチを切った可能性はあると思う？　それで、第一の部屋と第二の部屋のあいだの封鎖をこじ開ける試みができるようになったのかしら？」ニアがわたしのほうを向く。

「もちろん」と、わたしは即答する。「ソトムとわれわれのあいだで、いうならば決闘がおこなわれるわけだ……ソトムは、この場合にソトがよりどころとするであろう名誉法典にしたがっている。われわれに、第二の障壁で能力をためす機会をあたえたのだ」

「そんなのは頽廃《たいはい》的だ！」シドが毒づく。

「戦争はいつだって頽廃となにがしかの関わりがある」と、わたしは答える。「そのように見るならば、すべての永遠の戦士は頽廃的だ……そして、ソトムはまさにかれの主人にして師であるソトの行動パターンをまねている。われわれはパラトロン・バリアを切ろう。だが、セランに、外からの危険な影響があれば自主的にふたたびバリアを張るよう命令する」

全員、わたしがいったようにした。その後、装備の一部である計測・分析装置のスイッチを入れる。そして、必要な用心と丹念さで第二の部屋につづく隔壁を調査しだした。

そこにもハッチがあるが、外側ハッチのようにはかんたんには開けられなかった。わかったのは、コード・インパルス探知機の調整しだいで三とおりのコードを突きとめられること。

「が、保安封鎖回路を解除するのに、コードをひとつだけ放射すればいいのか、あるいは同時に三つすべてを放射しなければいけないのか、どうやって知ればいいのです？」

「まったくわからない」わたしは不機嫌に答える。「コードが資格のない者のために考えられていて、三つとも間違っている可能性だってある。その場合は、われわれがそれらを三つ同時に放射しようが、ひとつずつ放射しようが、どうでもいいことになる」

「わたしたち、いつだってリスクを冒している」と、ニアが、「わたしたちの侵入を拒む領域において、確実なことなんて存在しないと考えるべきね」

「まったく、そのとおり」わたしは彼女に同意する。「われわれ、ティピ一号に三つのコードすべてを同時に放射させる。それが間違っていたとしても、一号が避雷針になってくれるだろう」

「しかし、一号がいなくなったら、われわれ、ウパニシャド領域から脱出できなくなります！」シドがいきりたつ。

わたしは皮肉な目でかれを見つめる。かれはあきらめたような手振りをした。もちろん、わたしが言葉ではいわなかったことを理解したのだ。つまり、われわれはいつも、人間にではなく、ロボットにより大きな危険を負わせている……ロボットがわれわれの意のままになるかぎり。

わたしはティピ一号のコード・インパルス発信機に三つのコードすべてをプログラミングすると、それらを同時に放射し、ハッチの前に立っているようにと命じた。わたしと同行者たちは一号のななめ後方に立ち、パラトロン・バリアを作動させた。わたしの合図で一号はコードを同時に放射し、それからおのれをパラトロン・バリアでつつんだ。まったくむだな行動だといえるだろうが。なぜなら、一号の行動が爆破装置を作動させたなら、パラトロン・バリアを張るよりも先に破壊されていただろうから。

「やったぞ！」シドがほっとして叫ぶ。

「まだ、完全にではないようだけど」と、ニアが異議を唱え、まずは相いかわらず閉まっている隔壁のハッチを、それから、そこに突然あらわれた、独特のリズムできらめいている光点のパターンをさししめす。

「どういうことなの？」と、エルサンドはいい、強制されているかのようにたえず右手を開けたり閉じたりする。おそらく、ふたたびパラ露を必要としているのだろう。

「ひょっとしたらこれは、保安封鎖回路をとりのぞくための、ある種のクイズなのかもしれない」と、ニアがいう。「でも、今回のゲーム、わたしたちはわたしたちのやり方ではじめるべきよ」

わたしは彼女がなにをいっているのかわかった。

「了解した」わたしは利点と危険をよく考えてからいう。「シドとエルサンド、きみたちはパラ露を使え。それから、それぞれ自主的になにかを達成してくれ！　ニアとわたしはストリクターを用いる。それで保安装置を〝むっとさせる〟ことができたら、プシオン性フィールドがわれわれにおよぼす影響を撃退できる」

5 エルサンド・グレルの報告

やっとそのときがきた！

パラ露がなければ、長くは持ちこたえられなかっただろう。ロンシャーでもらって以来、わたしの禁断症状をおさえて何度も助けてくれた携帯ボトルは、もう空《から》になっている。手のなかのパラ露の最後ののこりが昇華してからは、いらいらがひどくなり、視野狭窄《きょうさく》がますます悪化していた。

わたしはパラ露のしずく三粒を手にとる。すぐに気分がよくなる。まるでねっとりした沼からあがり、天国のバラ色の雲の上を漂っているかのようだった。

多幸感にひたらないよう、無理にも自分の任務のことを考えなければならない。

ニア・セレグリスとジュリアン・ティフラーが、これ以上ソトムの狙いどおりにうろたえさせられてなるものかと決心したのは正しかった。われわれは自分たちのルールと方法でことにのぞんだときにしか、勝利できない。

とはいえ、そのさいわたしが介入することになるかどうかは、まだわからない。シド・アヴァリトのすることはかんたんだ。テレキネシスで保安回路の〝内部の生命〟を手探りし、破壊を生じさせる。テレパシーを投入するかどうか、あるいはどのように投入するかは、いずれ明らかになるだろう。

わたしはすこしのあいだ、シドの意識表面の思考に神経を集中した。より深く入りこんで、ごく個人的な領域に到達しないよう、用心しながら。通常なら、けっしてかれの意識表面の思考を気にかけたりはしない。しかし、このときは、テレキネシスによる行動に直接それが関わるのだ。そこから、わたしは、かれがどのように思っているのか、どのような困難がかれの行動をじゃましているのかを認識できるだろう。わたしがテレパシーあるいは暗示でかれを助けられるかどうか、あるいはどのように助けられるのかも、わかるはずだ。

しかし、わたしが最初にキャッチしたのはシドの思考ではなく、前にソトムの対探知・対光学バリアを通過したときにも感知した、不明瞭な意識インパルスだった。そこからなにかを読みとろうと、再度試みたが、こんどもうまくいかなかった。

そこに長くはとどまらず、すぐにまた、シドが携わっていることに意識を集中する。かれの思考インパルスは明瞭ではっきりしていて、すぐさま理解できた。はっきりしすぎるくらいだ。パラ露のしずくを六粒も過剰摂取したせいだろう。

シドは、ソトムの第一と第二の部屋のあいだの隔壁に設置されている保安システムを、テレキネシスで手探りする。かんたんなことではない。なぜなら、本来は自分がテレキネシスであつかうものが見えなければならないからだ。が、この場合それは不可能なので、弱いテレキネシス・インパルスを扇状にして送ることでしのいでいる。つまり、それらがぶつかる、まちまちの抵抗を手がかりに感じとり、みずからの位置を認識するのである。

目下、わたしの相棒は、本人の見解にしたがえば、保安システムを制御・監視している操作スイッチに探りを入れることに精を出していた。この方向ですでに三回試み、毎回、成功の直前で失敗している。というのも、必要不可欠なだけの集中力を奮い起こすことができなかったからだ。

わたしはかれを助けなければならない。さもなくば、かれはそれをやりとげられない。いずれにせよ、わたしは多めのパラ露を持っているので、プシ暗示という自分の潜在能力を活性化できるはずだ。まずは一度、集中段階から出て、追加のパラ露を摂取し、あらたに試みるのも悪くはないだろう。場合によっては、同じ集中力をもう一度成立させられないかもしれないが。

わたしはしっかりと両のこぶしを握り、暗示に意識を集中する。プシコゴンの力がより強く脈打ちながら流れこんだとき、わたしは全身で身震いした。

とっさに、わたしはシドの意識を暗示力でつかんでいた。用心深くすこしずつ影響をおよぼすような時間はないので、使える力のすべてをただちにかれに投入する。それに対してシドの精神は逆らったが、やがて抵抗をやめた。わたしがなにを意図しているか、わかったのだろう。

わたしはすぐに、かれの意識の全集中を妨げている興奮と神経過敏の波を静め、操作スイッチを調査してショートさせるというかれの意志を強めた。

それがいかに迅速に効果をあらわしたかは、驚くべきである。

シドが操作スイッチを調べるのに、数秒しかかからない……それがある程度わかったとき、かれは力いっぱい殴りかかった。

かれの精神的勝利感から、わたしは、かれが成功したことを知った。

次の瞬間、わたしはとてつもなくまばゆい閃光とたたきつけるような音によって、集中段階から引きはがされた。無意識に両手で顔をおおい、指のあいだからようすをうかがう。

それでも、もしヘルメットが自動的に遮光状態になり、放電のまぶしさをおさえなかったなら、なにも見えなかっただろう。

そういうわけで、わたしは申しぶんなく見ることができた。第一の部屋じゅうに、グリーンのプシオン性フィールドのはげしい明滅がたけり狂っている。それはかつてよりもひどかったが、パラトロン・バリアを作動させなかったにもかかわらず、わたしのセランの機能はほとんど損なわれなかった。

ニアとティフのおかげだった。ふたりはそれぞれのストリクターのスイッチを入れ、最高出力にしたのだ。それらから矢継ぎ早に出る五次元インパルスの障害前線がプシオン性フィールド・ラインを弱め、すぐ近くで収縮させた結果、それらはわれわれには近よらなかった。

背後でうめき声が聞こえ、わたしは振り向く。

うめいたのはシドだった。驚愕の目でプシオン性フィールド・ラインのはげしい乱れを見つめている。その放電はときおり四分の一メートルまでわれわれに接近した。

「わたしはもともと操作スイッチを妨害しようとしただけだった」と、かれはヘルメット通信でやんわりとわたしを非難する。「きみがわたしに暗示をかけ、ショートさせたのだな、エルサンド。違うかい？」

「そうよ」と、わたしは認める。「意図的にやったわ。用心深くやることなどまったく問題にしなかったから。わたしたちが生きてソトムをはなれるチャンスがあるのは、保安装置を徹底的に破壊したときだけなのよ。そのためには、わたしたち、いかなる反応があろうともそれを甘受しなければならない」

「そのとおりだ」ティフがヘルメット通信でいう。「しかし、きみたちもストリクターでわれわれを支援してくれ。でないと、プシオン性フィールドの爆発的放電にやられてしまう」

わたしは急いで要請にしたがう。シドも同じだ。

われわれはストリクターをただちに最高出力に切り替える。

狙った効果は驚くべきものだった。

プシオン性フィールドのグリーンの〝稲妻〟が非常に強くなる。まぶしさや失明を防止するために、耐圧ヘルメットはほとんど完全な遮蔽《しゃへい》に切り替えなければならない。しかしすくなくとも、放電はもはやそれほどわれわれの近くにまではこなくなり、第一の部屋の前方、三分の一のなかに圧縮される。

わたしはこれを好都合だと思った……やがて、第一の部屋の機器やほかの設備をおおっていた赤く輝く防御バリアがはげしく燃えあがり、崩壊した。

そのとき、第一の部屋の手前の三分の一が淡紅色に、それから青白色に燃えあがり、爆発する。わたしはどうにかパラトロン・バリアを思考で作動できたが、恒星のように熱い圧力波が次の三分の一の設備を破壊し、赤熱《せきねつ》する破片がわれわれや隔壁に向かってきた。わたしのパラトロン・バリアはちらちらしたが、持ちこたえた。

灼熱地獄ははじまったと思ったら、過ぎ去った。しかし、わたしは予感した。ソトムのほかの保安装置は、動機づけを根本的に変更したにちがいない。うろたえさせる段階は終わったということ。いまからはわれわれを全滅させようとしてくるだろう。

わたしは身震いしながら、第一の部屋の手前の三分の二で赤く燃える壁を見、それから仲間たちを見る。

みな、まだ生きていた。なぜなら、わたし同様、かれらもパラトロン・バリアを作動させたから。われわれはそのスイッチを切った。

「ついに本気になるだろうな」と、ティフがいう。

「隔壁のハッチが開きました」シドが抑揚のない声で、「これは罠かどうか?」

「おそらく爆圧で封鎖回路が切れたのだろう。しかし、それも操作スイッチが燃えつきたからこそなのかもしれない」と、ティフが説明する。「まず、わたしが行く」

かれはスイッチャーをかまえて開口部をかすめすぎ、赤い光のなかに浮かびあがるホールに足を踏み入れた。その直後、つづくよう手で合図をよこした。

ニアとシドが同じように入っていった。

わたしもそうしようとしたが、すぐに動けなくなった。突然、ティンタ・ラエの思考インパルスを受けたのだ。

＊

肉体的硬直がおさまってきたとき、自分が第二の部屋の最初の三分の一のところで、ティフとニアのあいだにいるのがわかった。わたしはふたりに腕で支えられていた。

「もうだいじょうぶです、手をはなしても」と、わたしはいう。

「またもや不明瞭な思考インパルスがあったのか？」ティフがたずねる。かれとニアはわたしのからだをはなした。

「いえ、ティンタの思考インパルスでした」と、わたしは答える。

「しかし、きみは対探知・対光学バリアのなかではそれを受けられないのでは？」シドが異議を唱える。

「現に受けたのだから、もう対探知・対光学バリアは存在しないのよ」と、わたしは説明する。

「爆発がバリア・プロジェクターへのエネルギー供給を遮断したにちがいない……あるいは、相応する操作スイッチを麻痺させたか」と、ティフ。「パニシュュたちがそのことに気づけば、かれらは資格のない者がソトの本部にいると知ることになる。そうなれば、われわれ、しつこく追われる」

「もっと急がなければ」ニアはそういいながら、わたしのほうを向き、「で、ティンタはなにを思考していたの？」

「彼女はソトムに向かっています」と、わたしは報告する。

「ということは、未知者が約束したとおり、パニシュュはティンタについての考えを変えたわけだ」シドが言葉をさしはさむ。「わたしはかれをいかさま師とみなしたのに」

ティフがしずかに笑う。それから、

「先をつづけてくれ、エルサンド！」

「ティンタの集中的な考えによると、パニシュであるテリエ・デ・ロークは、彼女がテストに合格したと確信しているようです。ティンタは決闘において引き分けにもっていき、その後テリエといっしょに〝ノイシュヴァンシュタイン城〟に帰ってきました。しかし、多くのシャンたちに〝エベレスト小屋〟と呼ばれているその建物をはなれる正当な方法を見つけられないまま、十五分前にそこを立ち去ったようです。エネルギー探知にとらえられないように、自分で組み立てたハンググライダーを使い、四時間後にはソトムに到達できるのではないかと考えています」

「それでは遅すぎるかもしれない」ニアが口をはさむ。

「ティンタもそれを心配しています」と、わたしは答える。「その場合、わたしたちにミニカムで三度〝リヴァイアサン〟という語を送ってほしいそうです。それが彼女には、より速くここに着くために飛翔装置を使うようにという要請になるのでしょう」

「それならいい」と、ティフがいう。

「しかし、どうしてティンタは、対探知・対光学バリアがないことを知ったのだろうか？」と、シドが訊く。

「彼女は知らないわ」と、わたしは答える。「でも、そうなると予想している。だから彼女は、わたしたちが知るべきことを、きわめて集中してくりかえし考えているのよ」

「ハンググライダーで！」ニアが考えながらつぶやく。「オクストーン人の重さとエベレストの上の薄い空気のなかで、どうやって？」

「向こう見ずだな」と、ティフが答え、「ひょっとしたら、下降角度が急勾配だから、そのスピードにより無傷で下におりられる充分な浮力が得られるのかもしれない。しかし、いまはわれわれ、自分たちが先へと進む努力をするべきだ！」

はじめてわたしは意識的に第二の部屋を見まわした。そこも同様にホールだったが、第一の部屋よりすこしちいさい。ここにも、かんたんには機能がわからない多数の機器がある。第二の部屋を満たしている赤い光は、赤く輝く防御バリアから発していて、その奥に機器類がある。

「プシオン性フィールドはないわ」と、ニア。「なんだか不気味ね」

「これから作動する可能性がある」と、ティフは答える。「ふたたび攻撃された場合、パラトロン・バリアが自主的に作動するように、まだセランがプログラミングされているかどうかをチェックしろ！」

われわれはチェックする。セランはすべてしかるべくプログラミングされていた。

「じゃ、行こう！」と、ティフがいう。

かれはすばやくホールを通って次の隔壁まで進む。われわれもしたがう。わたしは最悪の事態に対する覚悟をしていたが、突発的な出来ごとはまったくなかった。しかし、そんな幻想に身をゆだねたりしない。たとえ保安システムが第二の部屋で攻撃してこなくとも、ソトムの目的がわたしたちを全滅させることであるのに変わりはないのだ。

「今回、ハッチがわれわれのためにひとりでに開いても、わたしは驚かないな」と、シドがいう。

しかし、そういうことは起こらない。

「また運だめしをしてみる?」わたしは同族にたずねる。「わたしはこんどもあなたを支援できると思うわ」

「了解した」と、シドが答える。「しかし、さらなるパラ露が必要だ」

「わたしも」わたしは急いでいう。

さっきのパラ露はもう使いはたしてしまった。だが、それからあまり時間がたっていないのに、わたしはふたたび禁断現象に気づいた。すぐにもふたたびプシコゴンに触れる見こみがあるというのに、ひどくいらいらしている。

今回、わたしは両の手に四粒ずつとった。しかし、よりすくなくよそおうために、そのつど三粒までしか数えない。恥ずかしいことだが、もっとたくさんのパラ露がほしいという気持ちに逆らえなくなっている。

ミッションが終わったら、禁断療法を受けなければならないのは明らかだ。もちろん、すでにそのことに恐怖を感じている。

左肩に触れられた気がして、わたしはひどく驚いた。

そのときようやく、わたしの意識は現実にもどった。

目の前にティフの顔があり、かれの右手がわたしの肩に置かれているのを見た。

「シドはきみの助けを必要としている、エルサンド」かれはやさしくいう。

わたしの目は涙であふれた。ティフはすばらしい人だ！　ひと言も、わたしを責めない。わたしを見ぬいているだけではなく、わたしの状況にみずからをおき、わたしを理解することができるのだ。

わたしは気をとりなおし、シドの意識表面の思考に神経を集中した。

かれは、隔壁の操作スイッチにすでに六回ほど探りを入れ……そのつど、集中力不足により、成功の直前で失敗していた。わたしの暗示によるサポートがなければ、やりとげるのは無理だ。

「かれにそれをショートさせるのだ！」ティフの言葉が、薄い壁を通して話しているように聞こえる。

シドをプシ暗示でサポートするため、すでに強く集中していたので、わたしはティフの言葉の意味内容をほとんど理解していなかった。しかし、それは下意識を経由して意志のなかに流れこんできたので、わたしはシドにしかるべき動機づけをあたえられる。すくなくとも、そうするよう試みた。しかし、わたしは突然、シドをコントロールできなくなった。自分のパラ感覚で、なにかべつの存在を発見する。最初はどうしていいかわからなかった。それが生物なのか、人工知性の搬送体なのか、認識できなかったから。

わかるのは、それに知性があるということだけ。そのほかのことは、パラ露の過剰使用によって高揚した意識のせいで、できなくなっているようだ。わたしは集中段階から脱出しようと試みるが、うまくいかない。両手を開いてパラ露をはなすこともできなかった。

未知の強制の支配下にあるのだろうか？

自分の意識がほかの意識と融合するように思われて、わたしはあらがった。しかし、内なる声が、抵抗するなという。チャンスがさしだされているのであれば、それをつかむべきだ、と。

わたしは譲歩する。

次の瞬間、わたしは知る。罠にはまったのではなく、ソトムのなかに統合されている〝分子脳〟とたまたまコンタクトを持ったのだ、と。

それはひょっとしたら、わたしには正確に認識できない生体ポジトロニクスかもしれない。いずれにせよ、生物学的に生きている高分子の凝集体で、外からプログラミングされている。したがって、自立した生物の脳ではない。

瞬時にわたしは決めた。さしだされているチャンスを利用し、分子脳にプシ暗示性影響をあたえようと。

自分自身も驚いたのだが、それはすぐにうまくいった。まるで、分子脳がみずから進んでわたしの影響に屈したかのようだった。

本来の主人であるソトを害したいのだろうか？

わたしにはわからないが、考えられることだとは思う。

次の瞬間、わたしはそれを自分の意志下におき、それが持つ情報をわたしにゆだねるよう強《し》いた。

まず最初に知ったのは、分子脳とはもっぱらソトの思考命令に反応する記憶バンクだということ。いずれにせよ、そのようなものだ。エレクトロン性、ポジトロン性、その他の技術手段による影響に対して、分子脳には免疫がある……そして、おそらくプシオン性能力の影響に対しても。

だが、これらの免疫はわたしにはまったく通用しない。さしあたりわたしに説明できるのは、自分がシドをプシ暗示で支援していたとき、たまたま分子脳が思考するのと同じ波長に調整されたのだ、ということだけだ。

さらなる情報を分子脳から得たとき、わたしはそれ以上考えるのを忘れてしまった。なぜなら、その情報というのがソトムの全システムの回路設計図そのものだったから。

6　ニア・セレグリスの報告

ちょっと話がうますぎる。

分子脳とエルサンド・グレルとのテレパシー性コンタクトによって、突然、わたしたちは、スティギアンの本部の回路設計図を手に入れた。

もちろん、なんだかあやしいと思った。

きわめてしたたかな敵の本部で、突然すべてのデータをこっそり手わたされたのだから、疑念をいだかざるをえない。しかしながら、これがあれば保安封鎖回路を乗りこえ、主記憶バンクの極秘データを手にすることが可能になる。

「これで、すべてのバリアをなんなくこじ開けられるにちがいない」エルサンドの暗示性指示にしたがって回路設計図を記録したシド・アヴァリトがいう。

ティフとわたしは図面に身をかがめて、徹底的に調べた。

「これは信用する価値のあるもののようね」と、わたしはコメントする。「つまり、ソトムは、バリアと罠システムをそなえた壁で八つの部屋に区分けされている。わたしたちは第二の部屋まで進入し、いくつかの幸運に恵まれて生きのこった。図面からすると、たぶん第三の部屋への隔壁も保安封鎖回路も乗りこえられるわ。ただし、それからが大変ね。保安封鎖回路が次々と手のこんだものになっている。失敗しなきゃいいんだけど。でも、図面のおかげで、なんとかやってのけることができるでしょう」

「かんたんすぎる」と、ティフ。「どこかで虎の尾を踏まないようにな」

「虎の尾？」わたしは驚いてくりかえす。わたしはティフの多くの古めかしい表現を知っているが、これは知らなかった。

「忘れてくれ！」かれはすこし笑いながら答える。すぐ、真顔にもどり、エルサンドのほうを向いて、「要するに、きみは分子脳、つまり純粋なバイオニクスからこれらの情報を得たのだな？」

「そうです」と、アンティは答える。「情報は罠ではないと確信しています。なぜなら、通常、わたしはバイオニクスにプシ暗示性影響をあたえることはできません。わたしがこのことに成功したのはまったくの偶然です。すでにいったように、シドをプシ暗示で支援するさい、分子脳が思考しているのと同じ周波に合ったにちがいありません」

「そうかもしれない」と、ティフがいう。「しかし、軽率な判断は許されない。もちろん、われわれは回路設計図を使うほかないが、いつどんな事態が起こり、しかるべき予防処置に見舞われるかもしれないと、覚悟しておかなければならない」

かれはひとさし指で図面上の、第八の部屋の奥にある最終隔壁を軽くたたいて、「ここにもっとも複雑なバリアがあるが、われわれ、回路図を持っているので、克服できるだろう。しかし、その向こうにある部屋に関してはなんらの設計図面がないということが気がかりだ。そこにはソトムの最大の秘密がかくされており、きっと追加の保安装置が施されている。分子脳は、そのことに関してはなにも洩らしていないだろうか、エルサンド?」

「分子脳自身は、そのことについてはなにも知りません、ティフ」と、アンティが答える。「いえ、待ってください! そうではありません。わたしは分子脳から察知しました、最終隔壁の向こうでは、暗黒空間からの十二銀河が見えます」

暗黒空間から! わたしは、ひらめくものがあった。

ティフとわたしは視線をかわす。

わたしたちふたりは〝暗黒空間〟という言葉の背後になにがかくれているか、だいたい知っていた。しかし、その情報はGOIから得たのではなく、ゴルディオスの結び目がつくられる前にエスタルトゥから銀河系に帰還した、最後のヴィーロ宙航士数名に聞いたものだ。かれらの証言によれば、暗黒空間とはアブサンタ＝ゴム銀河とアブサンタ＝シャド銀河が重なった宙域におけるゾーンで、超越知性体エスタルトゥの居所とみなされている。

そしていま、エルサンドがいうには、ソトムの最終隔壁の向こうで……つまり、テラで……暗黒空間からエスタルトゥ十二銀河を見ることができる、と。

いや、そういったのはエルサンドではなく、分子脳だ。

わたしはエルサンドとシドに、わたしたちが暗黒空間について知っていることを手短に説明する。それから、女アンティに、もう一度分子脳とコンタクトがとれるかどうか、たずねる。

「無理です」彼女が悲しげに答える。「やってみたけど、できませんでした。あんなことは、二度とないような偶然の一致によって可能だったのでしょうね」

「われわれは、分子脳のいったことをうのみにするべきではない」と、ティフがいう。「四千万光年というとてつもない隔たりを超えて、力の集合体の十二銀河を直接に見ることができるなど、わたしには想像できない。おそらくホロ・ヴィジョンだ」

わたしもそう思う。

「そのうちわかるわ」わたしはいい、保安バリアをそなえた次の隔壁が書きこまれている回路設計図の場所を特定した。「でも、わたしたち、まずはひとつずつ困難をとりのぞいていくべきよ。わたしはそれを遠隔操作でかたづけるわ。ただし、遠隔操作するたびにパラトロン・バリアを張ってほしいの。これはティピ一号にもあてはまる」

「よかろう」ティフがいう。

最初の回路にとりくみながら、わたしは考えをめぐらせた。どうやれば人生の伴侶に、〝よかろう〟みたいな表現をしないことを教えられるのだろうか。それは……おそらくかれが意識することなしに……多かれすくなかれ細胞活性装置保持者すべての習慣になっている、下意識の傲慢な態度のあらわれなのだが。

「いまよ！」回路を遮断したとき、わたしは叫ぶ。

と同時に、思考インパルスで自分のパラトロン・バリアを作動した。仲間たちもわたしのまねをする。

第三の部屋の前でハッチが音もなく開いた。用心のため、まる一分待ったが、なにも起こらない。ハッチは開いたままで、その向こうに次の部屋の一部分を見ることができた。それは、無防備にわたしたちの前にある。

それなのに、ティピ一号とティフのうしろについて開口部を抜けたとき、わたしは胃にすっきりしないものを感じた。

しかし、向こう側もしずかなままだ。プシオン性フィールドもないし、攻撃をしかけてきたり、じゃまをしたりするそのほかのものもない。

主記憶バンクへの道は、危険のない散歩になるように思われた……

＊

ほんとうにほとんど散歩のようだった。とはいえ、〝ほとんど〟にアクセントをおかなければならないが。なぜなら、遠隔操作は隔壁から隔壁へと進むごとに複雑になっていったから。わたしは三つの保安封鎖回路を切るために集中力のすべてを費やしたので、ティフと交代しなければならなかった。

それでもいま、わたしたちは最後の隔壁の前に立っている。しかし、ティフも最後には神経が疲れ、遠隔操作にさいしてミスをおかさないよう、休憩を入れなければならなくなった。それでも、わたしはせいぜいかれを助けることができるにすぎない。わたしひとりでできることはない。

十分後、ティフはいくらか元気を回復した。

わたしたちは回路設計図の該当個所をもう一度正確に調べ、回路を作動させることなく、遠隔装置に入力する。今回は保安封鎖回路コマンドのすべてを入力し、再チェックしてから放射するつもりだった。最終隔壁の保安封鎖回路は非常に複雑で、ミスしやすい。そうなると、とりかえしのつかない結果を招く公算が大である。

とはいえ、ようやくここまできたのだ。

わたしたちはもう一度視線をかわした。それからティフは、ちいさな作動キイめがけて、おや指を沈めかける。

その瞬間、最終隔壁のハッチの前に、ある人物が実体化した。

ティフのおや指が作動キイの上方でとまった。

かれはその人物を知っていた……わたしも、そして、きっとエルサンドとシドも。マカルーとカンチェンジュンガのあいだにある、オクストーンに見せかけた環境のなかで遭遇し、ティンタの正体が暴《あば》かれないようにしてくれた、謎に満ちたヒューマノイドだ。

かれは一メートル半ほどある、先端が虹色に輝くステッキを右手に持っていた。しかし、今回はただ、それでからだを支えているだけだ。

あのときは、その出現とメッセージにあまりに驚いたので、かれがどのようにしてあらわれたのかを多くは考えられなかったが、今度は、すぐに考えてみた。

テレポーテーションしたはずはない。なぜなら、わたしたちはみなヘルメットをはねあげていたので、もしテレポーテーションしたのならば、空気の流れを感じたはずだ。つまり、補助手段を使って居場所を変えられるにちがいない。もちろんそれは、わたしたちには知りようのない、エスタルトゥのテクノロジーもこれまでつくりださなかったような技術補助手段だ。

わたしは、キモノのような衣装をとめている半球形のバックルに視線を落とす。ありふれたバックルではない。それを仔細に見たとき、わたしはすでにヒュプノ作用があるホログラムの光景を目にしていた……とはいえ、わたしはそれをブロックできた。

無意識のうちに、わたしは光の守護者に関する情報を考えずにはいられなかった。光の守護者のひとりであるテングリ・レトスは、惑星クーラトのケスドシャン・ドームに入る前、コンビベルトを持っていたといわれる。そのベルトには、フィクティヴ転送機に似た働きをするマイクロ自発転送機がふくまれていた。

そのような装置が、謎に満ちた未知者のバックルにかくされている可能性はおおいにある。

しかし、わたしは疑問にちゃんとした答えを見つけることはできなかった。未知者が遠隔装置をさししめし、ティフにこういったからだ。

「その作動キイを押しさげれば、テラは粉々に破壊されるだろう、若いの。それどころか、ひょっとしたら太陽系すべてが」

ティフは、まるで熱い熱源にかざしたかのように手をすばやく引っこめた。

しかし、そのあと、疑わしげな表情になり、

「どうしてそんなことを知っている？」と、未知者のほうを向く。「いったいあなたは何者だ？」

「わたしはペレグリン」と、未知者は答え、いたずらっぽい笑みを浮かべる。「どうして知っているのか、教えるつもりはない、若いの。まだその時ではない」

かれは、わたしたちのあっけにとられた顔をおもしろがるように笑った。

「若いの、だと！」ティフは憤慨する。とはいえ、わざとらしく。わたしはそれに気づいていた。ペレグリンと名乗った未知者をかれが挑発しようとしているのが、手にとるようにわかる。「わたしがほんとうは何歳であるのかをあなたが知れば……」

「生物学的にいうと、地球年でようやく三十五歳だな」と、ペレグリンは真っ向からいってくる。「しかも、賢明でもない。それゆえ、わたしになにかを教えようなどとしないことだ、宇宙の誘惑者よ。だが、きみたちが最後の隔壁で回路を乱した場合、なぜ地球の潰滅を引き起こすことになるのか教えよう。ソト＝ティグ・イアンはおのれの極秘データを資格のない者から守るため、自壊装置をとりつけさせたのだ。この装置は、銀河系中枢の巨大ブラックホールから間接的にエネルギーを吸引する」

ティフが青ざめるのが見える。わたしは膝ががくがくするのを感じた。

銀河系の巨大ブラックホール内部のエネルギー生産はとほうもなく、人間の想像力でとらえられるようなものではない。もしそれが、ソトムの自壊装置にエネルギーを供給するために吸引されるのであれば、テラは永遠に危険にさらされる。

わたしたちは、その装置をあやうく作動させるところだったのだ！

エルサンドに視線をやると、全身で震えているのがわかった。もうすこしでテラを粉々にするところだったソトムの回路設計図をわたしたちに引きわたしたことが、彼女をひどく苦しめているのは明らかだ。わたしは手を伸ばし、ふたたび彼女の頭に生えはじめている赤いざらざらした毛をなでた。

「わたしたちだって予測できなかったんだから、気にすることはないの」わたしは彼女をおちつかせようとする。

「もちろん、そうだとも」と、ペレグリン。「分子脳はそれに関する情報を持っていない。知っているのはスティギアンだけだ……かれは、自分のソトムのなかで資格のない者たちがなにかごそごそやっていて、自壊装置にまで近づいたことも知っている」

「では、かれは警報を発するのでは?」と、ティフ。

「そうするだろう」と、ペレグリンがいう。「そして、わたしの思い違いでなければ、きみたちを追跡し捕まえるために、かれみずからがテラにあらわれるだろう」

ティフの目がきらりと光る。わたしは予感した。かれがこの瞬間に、まだ〝神聖寺院〟作戦を成功裡《り》に終わらせることができる啓示を得たのだと。

「わたしがスティギアンの立場だったら、未知者が自壊装置でいつなんどき地球を粉々にするかわからない状況で、テラに行くのは用心するが」と、かれはきっぱりいう。

「きみは賢明ではないが、考えることはできるようだ」と、老人。「もちろん、スティギアンはリスクを冒さない。地球にいてそこが粉砕されれば、生きのこれないから。きみたちを捕らえたと確信できた瞬間に、かれは自壊装置のスイッチを遠隔操作で切るだろう」

「確信できた瞬間に……」ティフはいい、思考をめぐらせる。「つまり、まだほんとうには確信できていないということだな、老人。なら、われわれ、かれから逃れるチャンスがある」かれはペレグリンを鋭く見つめ、「スティギアンが自壊装置のスイッチを遠隔操作で切り、ウパニシャド領域に到着するまで、われわれには、どれくらいの時間があるのだろうか？」

ペレグリンはまたもやおもしろそうに笑い、

「切り替えがとても速いな、若いの」と、いう。「もしペリー・ローダンが生まれていなければ、おそらくきみがかれの地位に選ばれていただろうな」

「わたしの質問に答えてもらいたい！」ティフは、ペレグリンの最後のほのめかしなど気にもせずに迫る……それはたしかな意味のある言葉だったのだが。

「きみたちには、あと五十分ほどのこされている」と、未知者がまじめに答える。「しかし、五十分まるまる待っていたら、捕らえられる公算が大だろう。確実を期すなら、あと数分のうちに逃げなければならない」

「しかし、いま逃げれば、われわれ、けっしてソトムの主記憶バンクに近づけない」と、ティフ。「そうなれば、これまで達成したものすべてがむだになるだろう。望んでいる情報に近づけるべつの可能性はないのか？」

「どんな情報を望んでいるのか、いっていないではないか」ペレグリンが答える。

「あなたはそれを知っている」ティフは険しい口調で答える。「お願いだから、わたしの質問に答えてほしい」

「べつの可能性はない」と、未知者は答える。

「では、われわれ、ここで待つ！」ティフはためらうことなく答える。だが、ほかの者にも影響のあるこのような決定をかんたんにすることは許されないと、気づいたようだ。

「つまり、わたしはここにとどまる」と、限定したいい方をする。「ニア、エルサンド、シドは、どうするかを自分で自由に決めてくれ。スティギアンに捕らえられるくらいなら、むしろ自死するほうを望むだろうが」

「わたしがあなたをひとりにはさせないのはわかってるわね、ティフ」わたしはきっぱりという。

「わたしももちろん、とどまります」と、シド・アヴァリト。「きみはどうする、エルサンド？」

「ひとりではけっしてウパニシャド領域から出られないわ」と、アンティがいう。

「そのときは、もちろんきみを転送する」と、ティフは明言する。

「でも、あなたたちがいなければ、わたしはどうしようもないと思います」と、エルサンドが答える。「いいえ、わたしはあなたたちのもとにとどまらないと。重要な新しい情報を知るために、ティンタにテレパシーでいろいろ訊かなければならなくなるかもしれません。いまのところ、彼女は新しい事実をまったく知らないけど、状況はすぐに変わるかもしれない……わたしがいなければ、あなたたちがそのことを知るのはずっと遅くなるでしょう」

「ありがとう！」ティフは全員にいう。

それから、かれはふたたびペレグリンのほうを向く。しかし、ペレグリンは、あらわれたときと同じように、突然、消えてしまっていた。

「スティギアンがいつ自壊装置のスイッチを切るかなんて、われわれ、どうやったらわかるんでしょう？」と、シドがいう。

「ペレグリンが時機を失することなく知らせてくれると思う」ティフが答える。

「どうして、かれがそうしてくれると？」と、エルサンド。

「どうして、かれはティンタを助け、われわれに警告したのだろうか？」と、ティフが問い返す。「かれがわれわれの側に立っていないのであれば、そんなことはまずしなかったろう。わたしは、かれが今後もわれわれを助けてくれると思っている。それまでの時間を使って、われわれ、スティギアンの居所の出入りできる部分を見てまわることができるというもの」

7　間奏曲

かれらは不気味だ。

暗黒空間からきた、これらの不可解な生物は、われわれのもっとも優秀な科学者たちの理解力をはるかに超えるなにかを持つ。われわれが見たことも聞いたことも計測することもできない力を巧みにあやつる。しかし、われわれにはその制御された力が必要なのだ。われわれの力を維持し、引きつづき強固なものにするために。

要塞の制御ステーションにいる装甲を身につけたナック五名は、太古の伝説に出てくる甲冑《かっちゅう》を身にまとった騎士に似ている。しかし、その動きを見れば、まったくそうではないとわかる。かれらは反重力の助けによって、ぶあつい腹足の上で直立し、透明な制御壁の前にゆらゆらと浮かんでいた。

壁の向こうには、プシオン性フィールド・ラインが、スタッカートの速さで稲妻のように見えている。しかし、それはわが種族やほかのどの種族にとっても合理的理解がおよばない事象の、副次的な効果にすぎない。

「たぶんあんたは、血に飢えたようにかれらを凝視するのではなく、かれらにたずねるべきなのだ、ソト！」進行役がわたしの右肩にすわってささやきかけ、長い軟骨の尾で空中をはげしく打つ。

「かれらが口外するつもりのない情報はなにも引きだせないと、知っているだろう……さらに、かれらは回路の仕様だけではなく、それを使って制御するための操作手順や機能もかくしている」と、わたしは怒りもあらわに答える。

「プシ感覚を持つちっぽけな腕を切りおとすといって、脅してやれ！」と、進行役が要求する。「そうすれば、かれらは饒舌《じょうぜつ》になるかも」

「きみはおろか者だ、クラルシュ！」わたしはどなりつける。「きみだって知っているはず、ナックなしでは紋章の門もゴルディオスの結び目も存在しなかったことを。かれらはつべこべいわず、われわれのためにだけ働く。かれらの怒りをこちらに向かせるのは許しがたくおろかなことだ。それに、われわれはかれらの説明を理解できないだろう。われわれの脳は、ほかの連続体において起こる事象を理解できるようにはなっていないから」

「あきらめているのか」クラルシュは意地悪くいう。「どうしてナックがあんたをここに呼びつけたのか、わかっていないな。あんたは、宇宙要塞にくるようにというかれらの要求に無条件にしたがった。われわれがかれらの主人なのではなく、かれらがわれわれの主人であるという理解を、あんたはやめるつもりはないのか？」

わたしは不意をついてかれを肩から投げ飛ばそうとしたが、進行役は一瞬先に電光石火のジャンプで、わたしの前にあるシンカム……シントロニクスと通信機をひとつにした高機能装置……のカバープレートの上の安全なところに避難し、そこからわたしを、悪魔のような表情で挑発するように凝視した。

またもや、かれにおろか者の罪を着せるところだったが、自制した。クラルシュはまったくおろか者などではない。最初に怒りをおぼえたとき、わたしはかれをそのように罵倒したが、すこし考えれば、そのような行為はソトにふさわしくなかった。ソトたる者、下位の者の働きをかろんじるなど許されない……それにクラルシュは、わたしのもとで自分の仕事をほんとうにみごとに履行した。かれが五十年ほど前に仕えていた当時のソト、グン・ヌリコがグルエルフィンの手前で不名誉な最期を遂げたのち、クラルシュが精神的に完全に燃えつきたということが、ほとんど想像できないほどだ。

そのうえ、宇宙要塞の総合視察に同行してほしいというナックのもとめに対して、わたしがなんらの問い合わせもせずに応じたというのは事実である。もちろん、わたしはそのもとめを唯々諾々《いいだくだく》と受け入れたのではない。宇宙要塞が銀河系中枢にあるブラックホールの制御ステーション兼〝ガソリンスタンド〟として中心的意味を持つからだ。わが権力の制御センターということ。一万二千の宇宙要塞フェレシュ・トヴァアルがかわるがわるスティギアン・ネットのプシオン性微調整をおこない、それを銀河系における最重要のナック五名がいろいろな方面からチェックしている。それゆえ、わたしがみずからそこにいることが重要だと思ったのだ。

だからわたしは、自分自身をナックの下位者などとは思っていない。かれらは、その労働力を無制限にわたしに提供する科学者たちだ。かれらはわたしのもとでプシオン性エネルギー・フィールドに従事し、その構造をあつかうという情熱にふけることが許されている。かれらは政治にはまったく関心を持っていない。

「なにかいいたいことがあったんじゃないのか、ソト＝ティグ・イアン？」クラルシュがちくりといい、軟骨の尾を左のわきの下に押しこんだ。

「よくわかったな、下僕よ」わたしは機嫌よく答える。「わたしは、シンカムのカバーをきみの鉤爪で引っかいて傷をつけないようたのみたかったのさ」

かれは怒ったように息を吐く。

わたしは嘲笑する。とはいっても、すこしのあいだだけ。なぜなら、突然、赤いランプがシンカムの内部で光ったからだ。

それは第一級警報を意味する！

「どうした？」わたしは装置にたずねる。

ランプがクラルシュに非常にはげしい電気ショックをくわえたので、侏儒《しゅじゅ》はすくなくとも十メートルは投げ飛ばされ、骨が折れるような音とともに、すみに着地した。そのあと、装置はみずからとわたしを対盗聴バリアでつつんだ。

　そうしてからようやく、わたしの問いに答えた。

「資格のない者たちがソトムに侵入し、自壊装置をそなえた最終隔壁の前に立っています」音響フィールドから流暢《りゅうちょう》なソタルク語が聞こえてきた。「かれらが遠隔操作技術で保安封鎖回路に影響をおよぼすことも考えられます。そのさい、自滅スイッチを作動させるエネルギー回路が障害を受けるかもしれません。ご命令は、ソト？」

　わたしは自分がこわばるのを感じた。

　ソトムの主シントロニクスがシンカム経由で宇宙要塞内のわたしに知らせてきたのは、言語道断な内容だった。たとえわたしがそのような可能性を最初から考慮に入れていたとしても。

　だが、最初の驚愕がおさまると、わたしは侵入者の実力に敬意をいだきさえした。自壊装置まで進むには、大いなる勇気、冷静さ、とりわけ信じがたいほどの知識と能力が必要だ。目下、そういうものすべてを持っている者を想像することができない……離反したパニシュであるジュリアン・ティフラーとニア・セレグリス以外には。

　かれらは背信によって追放者に、法の保護を奪われた者になった。しかし、この瞬間、かれらが死ぬことになるのを残念に思う。地球が数秒後に粉々になってしまうだろうことを、どういうわけか残念に思うのと同様に。この惑星には多くの不快な思いをさせられたが、特別な存在でもあり、わたしが知っている宇宙と同等のものを探してしまう。わたしは前々から、宇宙的意味を持つ秘密のオーラが地球をとりまいているのを感じていた。それを究明できなくなるのは残念なことだ。

「ご命令は、ソト?」シンカムのフィールドから音がする。

そのときようやく、ソトムがまだ存在しているのだということを意識する。わたしは制御ステーションのコンソールに目をやる。ナック向けではなく、わたしのような生物用に設置されているコンソールだ。

どれも通常値をしめしていた。

ソトムからの起爆インパルスはなく……〝ガソリンスタンド〟もまったく高いエネルギー消費を記録していない。

侵入者に対する敬意が高まった。かれらは疑念をいだき、最後の封鎖回路を排除するのを断念したにちがいない。おそらく、最終隔壁ですべての制御およびエネルギー回路を調べて分析するまでは、最後の封鎖回路を排除しようと思わないだろう。

とはいえ、そんなことはできるはずもないが……わたしのパニシュたちが、マカルー全域を通過不能な封鎖線のもとにおくからだ。

わたしが自壊装置のスイッチを、太陽系から隔たっているところ……巨大ブラックホールから解きはなたれたはげしい力によって、太陽系粉砕の副次的効果が、通常空間・ハイパー空間の構造をとてつもない大渦巻きに変えるゾーンの外側……で切ったならば、侵入者たちはしずかに勝利をよろこぶことになるだろう。

スイッチが切られたことに気づいたら、かれらは危険なく主記憶バンクのある部屋に侵入し、蓄えられた全データを呼びだすことができるはずだ。

それらはなんの役にもたたないのだが。

そうしたことすべてを、わたしはあらかじめ考慮に入れておいた。侵入者に自分は安全だと思いこませられれば、かれらが自殺を考えることを阻止できるというもの。

なぜなら、わたしはかれらが生きていることを望むからだ。

だれであれ、八つすべての部屋の保安封鎖回路を手玉にとり、プシ・プレッサー効果に切り替えられているソトム全体に流れているプシオン性フィールドに逆らうという、とほうもないことをなしとげた者なら、わたしがじかに尋問する意味は充分にある。

ソトムが封鎖されたら、逃亡などできるわけがない……そして、わたしは、封鎖する前に自壊装置のスイッチを切ったりはしない。

「ソモドラグ・ヤグ・ヴェダとオタルヴァル・リス・ブランに警報を伝えよ！」わたしはシンカムに命じる。

すぐに、テラのウパニシャド学校を管理するパニシュ二名のホログラム映像がうつった。わたしのほうをうかがっている。

「資格のない者たちがソトムに入りこんだ」わたしはかれらに伝える。「だれがいいかげんな仕事をしたのか、あとで調べるつもりだが、いまは侵入者がけっして逃亡できないように、わたしの本部の封鎖を命じるだけにする。かれらを捕らえてはいけない。いいか、捕らえるのはわたしがみずからそこに行ってからだ。侵入者はまずまちがいなく、ジュリアン・ティフラーとニア・セレグリスだ。この捕獲は、わたしがやらないわけにはいかない」

「かれらを逃亡させたりはしません、ソト」ソモドラグ・ヤグ・ヴェダが明言する。「われわれにまかせてください。あとでわれわれは、どうやって背信者がウパニシャド領域に入りこんだのかを確認します。われわれの責任であれば、パニシュらしく死をもってつぐないましょう」

「早計に約束はしないことだ！」わたしは辛辣に警告する。「いっさい自分勝手な行動は禁じる。十六時間後にソトムの前で会おう」

わたしは命令するような手振りをして、接続を切った……

8　ティンタ・ラエの報告

マカルーの麓《ふもと》に到着したときは日も暮れかかっていた。だが、暗くなる直前、沈みゆく日の光に照らされた巨大な岩棚が見えた。その上に、ソトムが建つ。

マカルーの標高は八千四百七十メートルだから、これはありえない表現に聞こえるかもしれない。しかし、その高さは海面からの垂直距離であって、平均海抜三千メートルの高さにある谷からのものではないのだ。そこからだと、ソトムは南の険しい岩壁の半分くらいの高さにある。

　わたしはずっと、自分がおかれた状況とそのときどきの居場所について思考した。エルサンド・グレルがこの情報をわたしの意識内容から読みとることができるようにと。残念ながら、双方向のテレパシー連繫はない。わたしは潜在的テレパスではないのだ。ときどき、頭のなかで引っ張られるような感覚をおぼえるのだが、そのことから、エルサンドがわたしの思考の吸引に集中しているのだと推測するにすぎない。

もちろん、相応量のパラ露を使えば、わたしもすべてのノーマルな人間と同様に半時間ほどテレパシー能力を発揮できるだろう。しかし、わたしはウパニシャド学校から出動領域に入ったため、パラ露の携帯はおのずと禁じられていた。そんなことをしたら、すぐに発見されるだろうから。

マカルー南壁に正面から挑むために、いくらか準備運動をする。非常に険しく、ところどころ完全に氷結しているものの、テラのとるにたりない重力のもとでは、オクストーン人にとってなんらむずかしくはない。わたしは全行程を走りつづけることだってできるだろう。

ななめ上方から轟音《ごうおん》が聞こえたのは、ちょうど準備運動を終えたころだった。すぐに岩のくぼみに身をかがめて仰向けになり、上をうかがった。さらに、シャントのコンビネーションのパッシヴ探知のスイッチを入れた。

実際に目撃し、探知表示でも確認して、非常に驚いた。

五十メートル上空をウパニシャド学校の装甲戦闘グライダー一機が浮遊しており、ハイパー探知機に、飛翔グライダーの反重力フィールドに特徴的な五次元性放射源が七十二個、表示されていた。

ソトムのすぐ近くにグライダーが集結していることを、偶然だとかたづけることはできない。これはスティギアンの本部周囲で戦力を誇示しているとみるべきで……またもや、わたしの仲間たちの行動が起因となって警報が発令されたとしか考えられない。

可及的すみやかにかれらのところに行かなければならない。

ゆっくりと起きあがり、上空のグライダーを観察する。しだいに左へとはなれていく。おそらく、着陸に好都合な場所を探しているのだろう。グライダーが着陸するとすぐ、わたしはセランの飛翔装置のスイッチを入れ、全速で垂直上昇するつもりでいた。装置のエネルギー放出は探知されるだろうが、そのことでわたしが大損害を受けることはない。それに、多数のグライダーの放射がかき消してくれる可能性だってある。

視界からグライダーが消えたとき、わたしはためらわなかった。飛翔装置を作動させ、すぐさま最大推力にし、緊急スタートボタンを押した。

次の瞬間、垂直に飛びあがる。

が、一秒後、わたしの飛行は突然とめられた。牽引ビームに容赦なくつかまれたのだ。数瞬のあいだ、わたしはオクストーンの環境適応人だというのに、軽い意識喪失におちいった。

意識がふたたびはっきりすると、わたしは多機能武器に手を伸ばした。すべてのシャドにシャント・コンビネーションといっしょにあたえられるものだ。だが、武器を抜いたとたん、針のように細いビームがわたしの手からそれをはじき落とした。武器は赤熱して、くるくるまわりながら落ちていく。

「抵抗しても無意味だ！」スピーカーの声がわたしに呼びかけた。

口調から、呼びかけたのはプテルスだとわかった。しかし、やすやすとはあきらめたくない。

わたしは消極的にふるまう。やがて牽引ビームがわたしを地面に引っ張りおろした。パニシュ八名からなる輪がわたしのまわりに形成されていた。全員、シャント・コンビネーションを着用したプテルスだ。牽引ビームが消えたと感じたとたん、わたしは前方に突進する。

一プテルスとぶつかり、かれは倒れる。しかし、わたしが立ちあがる前に、ほかのプテルスがわたしの上にいた。かれらのまとまった力に対しては、戦闘訓練を受けたオクストーン人といえども長くは持ちこたえられない。

わたしは捕虜になった事実を集中的に考えた。そのとき、エルサンドの超能力に特徴的な、引っ張られる感覚を頭のなかに感じた。それから、きわめて強力なエレクトロン枷がわたしの手首と足首を締めつけた。

そのうえ、引っ張られる感覚が突然やんだ。パニシュたちがスティギアンの本部をかこむプシ・リフレクター・フィールドを構築して、すべてのパラ・インパルスをさえぎったのだと、すぐにわかった。

終わった！　と、わたしは苦々しく考える。

しかし、あきらめの気持ちはすぐになくなった。故郷惑星の入植の歴史や、祖先が極限惑星での環境諸条件にじょじょに遺伝子的に適応したこと、さらにはオクストーンに生まれた最初の三世代が耐えぬきとおした不自由、努力、苦難を考えたとき、わたしのなかにあらたな力と自信が流れこんできた。

あきらめることなく、監視のごくちいさな弱点を見つけよう。それを利用して逃走し、仲間たちのところにたどりつくためだ。わたしがいなければ、かれらはきっと包囲から脱出できないだろうから。

*

プシ・プレッサーがわたしのもともとの思考を変化させ、それを何倍にも強くして意識のなかに投げもどしたとき、わたしは悲鳴をあげた。

三時間ほど前から、プテルス五名による、プシ・プレッサーを使った尋問がつづいている。最初のうちは、強い意志力で、思考リフレクションに耐えることができた。しかし、それがつづくうちに、わたしはくたくたになり、明晰に考えることができなくなった。混乱した思考インパルスが強度を増して打ち返されたとき、ますますひどい影響を受けた。

捕虜にされるとすぐに、じつにうまくカムフラージュされたマカルーの岩塊深くにある基地に連行された。ずいぶんとちいさな基地だった。とはいえ、わたしが見たのは、戦闘ロボット三体がいる一室と短い通廊と尋問部屋にすぎない。

なぜプテルスたちがいまなおわたしを尋問するのかがわからない。もうとっくにわたしの仲間たちを打ち負かしたにちがいないのに。実際のところ、軽武装のＧＯＩメンバー四人が、無制限の武器による何倍も優位な勢力を長く食いとめられるはずがない。プテルスたちがようすをみているのであればべつだが。

スティギアンのサイコグラムを考えれば、それはありうる。とりわけ、テラにおけるかれの本部に対抗するコマンドを指揮しているのがジュリアン・ティフラーとニア・セレグリスだと推測しているならば、離反した永遠の両戦士をかれみずからが捕らえようとするのは容易に考えられる。

「いいかげんに話したらどうだ、ティンタ・ラエ！」一プテルスが鋭くいう。

かれはオタルヴァル・リス・ブランという名前で、チョモランマ・ウパニシャド学校の管理者のひとりだ。わたしにそうするチャンスがあれば、かれの骨を粉々にしてやりたい。わたしに最大限のプシ・プレッサー効果を感じさせるよう、ほかのプテルスたちをくりかえし急《せ》きたてたのは、かれだったから。

かれの顔に唾《つば》を吐きかけてやろうと思ったそのとき、わたしは周囲が認識できなくなった。とりまくすべてが、湧きたつ赤い霧からできているように思われた。

次の瞬間、全方向から同時にヒュプノ暗示放射がわたしのなかに入りこんでくるのを感じた。と同時に、リス・ブランが単調な声でわたしに話しかけてくる。

プテルス五名がわたしにくわえたプシ・プレッサーのヒュプノ暗示強制力に、もはや逆らえない。リス・ブランが質問し、自分が答えるのをわたしは聞いた。逆らえないのだ。わたしのからだと精神は、もはやわたしのものではない。自身の乏しい意志ののこりでしかなく、リス・ブランの質問と命令にしか反応しない。

わたしは自尊心を深く傷つけられ、恥じ入りながら、自分がパニシュたちに神聖寺院作戦の計画すべてを詳細に教えるのを聞いた。パラ露を使って潜在的な特殊テンポラル能力を活性化できることまでも洩らしてしまう。

しかし、最悪なことはこのあとだった。

リス・ブランは知りたかったすべてを聞きだしたあと、わたしの手のなかにパラ露のしずく一粒を押しつけた。そして、プシ・プレッサーのヒュプノ暗示拘束下で、わたしにモヴェーター能力を披露することを強いたのだ。

プシコゴンの力が神経系を流れていると感じたとき、もう一度あきらめが消えた。わたしは勇気を奮ってイニシアティヴをとりもどそうと決心した。

わたしは意識を集中し、四次元時空連続体の時間の流れに介入した。ガンヨのオヴァロンと親しかったケンタウルスのタクヴォリアンが使ったという五次元交換フィールド回路のやり方で、まわりの時間経過を遅くし、プテルス五名をわたしに対して相対的に動かなくさせようとする。

まったくの失敗に終わった。

おそらく、眠っているプシ能力を充分に発揮するためには、パラ露のしずく一粒ではあまりにすくなすぎただけではなく、わたしのみじめな精神状態のせいでもあろう。

プテルスたちはそのことを知っているにちがいない。さもなければ、かれらはわたしにパラ露をあたえたりしないだろう。悪魔のようなかれらは、しっぺ返ししようとわたしがむだに苦しむだけでは満足しなかった。それどころか、最初のパラ露を使いはたしたあとで、かれらはあらたな一粒をわたしにあたえたのだ。それを使いはたすと、次の一粒をあたえた……失神という黒い影がわたしを救済するまで、次々と。

9　シド・アヴァリトの報告

罠は閉じられた。

三時間ほど前、暗くなりはじめた直後、エルサンド・グレルがティンタ・ラエの思考の悲鳴を知覚し、彼女の意識に集中した。そして、女オクストーン人がプテルスたちに捕らえられたのを確認した。

そのあと、突然つながりが断たれ……エルサンドは、テレパシー性インパルスがプシ・リフレクター・フィールドによって投げ返されるのを感じた。そのあと、ジュリアン・ティフラーとわたしはソトムをはなれ、セランの探知装置であたりを探った。九十四機の戦闘グライダーが探知された。それらは反重力フィールド上を浮遊し、フィールド・アンカーによってマカルーの側面、われわれの高さの下方や上方に固定されている。

これでわれわれの状況は見こみのないものになったも同然だ。大急ぎで逃げなければ、罠が閉じられることはわかっていた。しかし、スティギアンの主記憶バンクまで進むために、われわれはあえてこうなることを甘受したのだ。ただ、これほど大規模な動員がおこなわれるなどとは、予想だにしていなかったが。

とりわけ、ティンタがわれわれのところにこられなくなるとは考えなかった。彼女ならどんな困難をも克服できる、いわばわれわれの秘密兵器になると思っていたので。

もうおしまいだ。

パラ露がなければ、ティンタはプシ能力を活性化することも、われわれのところにたどりつくこともできない……そしてティンタがいなければ、われわれは包囲軍を無力化できないだろう。

しかし、最悪なのはプシ・リフレクター・フィールドだ。これには、われわれがこれまでそんなものが存在するとは知らなかったコンポーネントがふくまれている。そのせいで、われわれの居場所が探知され、転送インパルスがゆがめられたのだ。

その結果、われわれにとってまずいことがふたつ生じた。第一に、われわれはもはや最後の転送機ロボット二体の助けで脱出できなくなる……第二に、ティピ三号は、こちらが転送インパルスを発することができないと確認したら、すぐウパニシャド領域にもどり、われわれのところに出現しようと試みるようにプログラミングされている。

そんなことになったら疑いなく包囲軍に探知され、破壊されるだろう。

われわれはそのリスクを考えなかったわけではない。しかし、あまりに過小評価していた。リスクに気づいたあと、ティフでさえ、数秒間しょんぼりしているようだった。

すぐに気をとりなおし、ことさら楽観的にふるまったが、そんなことでわたしはだまされたりはしない。

わたしとティフは、ティピ二号を破壊したパニシュを拘束して麻痺させ、ソトムの横に駐機したグライダー内に転がしておいたのだが、こんどは連行し、さらに二発パララsetイザーを撃って麻痺状態を強め、ソトムの第三の部屋の内部の支柱に縛りつけた。そのあと、エルサンドとニア・セレグリスのところにもどる。

「どうしようもない状況だが、深刻ではない」ティフは集まった〝部隊〟に冗談をいおうと試みた。「さいわい、われわれは回路設計図を持っている。それによってソトム内部の防御システムを遠隔装置で無効にできる。包囲軍はまだ迫ってきてはいないので、さしあたりやれそうなことが三つある。ひとつめ、窓あるいは隙間を開けるスイッチを見つけること。そうすれば、あたりを目で観察することができる。窓あるいは銃眼のような開口部がないと、シドはテレキネシス包囲軍に対して能力を投入できないから。

ふたつめ、シドとエルサンドは、開口部ができたらすぐに行動すること。エルサンドはパラ露を多めに使って、あちこちで包囲軍の思考の断片をかすめとり、ひょっとしたらそれによってティピ三号が包囲網を突破できそうな個所がわからないか試みてくれ。わかればシドがテレキネシスで介入する……どこであれ、ソトムをつつんでいるプシ・リフレクターのエネルギー・バリア内に入りこめる弱点があるということが前提になるが。シドが敵を充分にぐらつかせることに成功すれば、ロボットはひょっとするとわれわれのところにこられるかもしれない。それだけでは、まだ外に出られないが、われわれがミッションを終えたあと、ロボットはこちら側で戦うことができるだろう。

三つめにわたしが望んでいるのは、遅くともスティギアンみずからがマカルーに到着したときに予想される包囲軍の攻撃に反撃できるなにかを、われわれがまだ入っていない第八の部屋で発見することだ。そのようなものがあれば、包囲網さえも破ることができるだろう」

かれは元気づけるようにわれわれを見つめる。まるで、いまなおわれわれにはいろいろな可能性があるといいたいかのように。

たしかに理論的には可能性はある。どの程度実現されるかは、別問題だが。

しかし、このように考えることはわれわれの行動にポジティヴに働く。われわれはすぐさま全力で、ティフによってあげられた課題を実現することにとりくんだ。

実際われわれは、ぜんぶで九十四ある装甲トロプロン窓を開けるためのスイッチを発見した。それらは前宇宙時代の銃眼に似ていて、ソトム全体の外殻にほぼ均等に配分されている。岩棚の花崗岩を抜けて多くの装甲トロプロン窓に通じるリフトは、八つもあった。

ティピ三号が包囲軍の包囲線を突破しようと試みているのであれば、まずまちがいなく下からくるだろう。エルサンドとわたしはこれらの窓のひとつをスイッチ技術で開けたあと、見張りについた。

ティフとニアはわれわれと別れた。かれらは八番めの部屋を徹底的に調べるつもりだ。パラ露の入ったパラトロン保管容器をわれわれのところに置いていってくれた。

そのさい、われわれはショッキングな発見をした。

パラ露のしずく千粒をおさめた容器がひとつなくなっている！

容器はひとりでに消えたりしないので、盗まれたにちがいない。当然、すぐにペレグリンに嫌疑がかけられた……すくなくとも、ニア、エルサンド、わたしはそう思った。ティフはなにもいわない。

しかし、謎に満ちた未知者が消えたあとのわれわれの行動を再現してみると、その直後すでに容器がなくなっていたことが明らかになった。エルサンドが運んでいた容器だが、彼女は知らなかった。ニアが積みこんでくれたものと信じていたから。

「なんて裏切り者！」エルサンドはペレグリンをののしった。「パラ露のしずく千粒を自分のものにするために、わたしたちにとりいったのよ！」

「わたしもかれを怪しげなやつだと思った」わたしは彼女に賛意をしめした。

「ひょっとしたらかれは千粒のパラ露を、助力に対してあたえられた報酬と考えたのかもしれない」ニアが考えを声に出す。「どう思う、ティフ？」

しかし、ティフはなにもいわず、かぶりを振る。その顔は非常に考え深げだった。どうやら、未知者の行動に関連したあれこれをいろいろ思案しているようだった。わたしにはかれが考えていることをなぞれない。

ほどなくして、ニアとティフは最終的にわれわれと別れた。エルサンドとわたしは、自分たちの任務を遂行するために、開口部に立った。

＊

「注意、ロボットがきたわ！」エルサンド・グレルが小声でいう。

わたしはぎくりとした。うとうとしていたのだ。ちゃんと目をさまし、またもやぎくりとした。

わたしは開口部から落ち、二千メートル下にある影のなかの氷結した急斜面に墜落すると思った。そこには多数の戦闘グライダーの輪郭が浮かびあがっている。

「そんなに叫ばないで！」エルサンドがどなりつける。「命綱で守られているんだから」

そのとおりだと確認し、ほっとする。

「叫んでなどいない」わたしは弁解した。

「思考のなかでのことよ」エルサンドは答える。「それを聞き逃すことはない。わたしはパラ露で充塡されてるから、スイッチャーの高エネルギー弾倉みたいなものなのよ。ともあれ、本題にもどりましょう！　包囲軍がざわついている。ティピ三号が姿をあらわしたのね。ちなみに、いまは昼よ」

「どこだ？」わたしは興奮してたずねる。

次の瞬間、エルサンドがだいたいの場所を暗示で伝えてきた。

わたしはパラ露のしずくを十粒ほど両手に滑りこませ、ひと塊りにした。そして、フィールド・アンカーを解いて飛んでいく戦闘グライダー五機のうちの最初の一機を、転送機ロボットが突破を試みていると思われるところへロックした。

とはいえ、これらのグライダーがプシ・リフレクター・バリアの内側にいるのか外側にいるのか、わたしは見ることができなかった。しかし、まもなく、わたしの超能力が最初のグライダーを〝攻撃した〟のを感じたとき、それがわかった。

そのグライダーはコースからほうりだされ、五十メートルほど下に係留されていたグライダーと衝突した。両機は宙返りしながら出っ張った岩壁に転がっていき、その向こうに消えた。

わたしは二機めのグライダーに意識を集中する。

それも、プシコゴンの過剰使用によって何倍にも強められたわたしのテレキネシスの犠牲になった。この力がどのような影響をおよぼすのかを目《ま》のあたりにしたとき、わたし自身も恐ろしくなった。

三機め、四機めの戦闘グライダーもこの方法で排除した。五機めのグライダーは逃げだし、プシ・リフレクター・バリアの向こうにしりぞくことによって難を逃れた。

しかし、わたしの攻撃で生じた騒ぎは、いい成果をもたらした。ティピ三号がずっと下の岩のくぼみから出てくるのが見えたのだ。

すかさず、戦闘グライダー二機の乗員たちがロボットに発砲した。失敗したが、それはかれらが自動照準装置をそなえたグライダーの搭載兵器を使わず、携行武器を使ったからにすぎない。おそらく、あとで調べるため、ロボットを破壊せずに動けなくしたかったのだろう。

かれらはいまなお、強力なテレキネスと向き合っていることを理解していないわけだ。

わたしは超能力でティピ三号をつかんで引きあげた。ロボットがどのように逃げおおせたか、かれらが気づく前にすばやく。かれらは放射兵器を背後から数発撃ったが、そのときにはもうわたしはロボットを岩棚の上側に運びあげ、開いている外側ハッチからソトムのなかに引きこんでいた。

いずれにせよ、無傷でここに連れてこられてほっとした。なぜなら、最後はあてずっぽうで行動してしまったからだ。ミスがあってもおかしくなかった。

「もどるわよ！」エルサンドが叫ぶ。「エネルギー・ビームのぎらぎらする光が見えたわ。放射兵器から発射されたにちがいない」

「そのとおりだ」と、わたしは答える。「しかし、ソトムからかなりはなれた急斜面に当たっている。包囲軍がソトの本部に命中しないように用心していると思いたいね」そうはいったが、もちろんわたしはソトム内部にもどる。自分の任務ははたしたし、包囲軍はとりあえずは攻撃しようとしなかった。しかし、ずっと上では、ニアとティフがおそらくエルサンドとわたしの助けを必要としているだろう。

10　ジュリアン・ティフラーの報告

ソトムの八番めの部屋には、徹底的に調べる価値のある興味深いことがらが数えきれないほどたくさんあった。

残念ながら、諸状況がじっくり調べることを許さない。時間はあまりに速く流れる。ソトが自壊装置のスイッチを切ったらすぐに、われわれは最終隔壁の奥の部屋に入りこみ、スティギアンの主記憶バンクからできるだけ多くの情報をとりださなければならない。その時点になったらもはや、攻撃者をしりぞけたり、包囲網から脱出できたりするような武器を探すことはできない。

ニア・セレグリスとわたしは運に恵まれなかった。夜が過ぎた……それなのに、探しているものが見つからない。

そのかわり、ティピ一号がべつのなにかを発見した。最初、それに大きな意味があるとは思わなかった。部屋じゅうに数千個も散らばっているホロ・キューブのひとつにすぎなかった。もちろん、ロボットがよりにもよってこのホロ・キューブをしめすのは、なにかを嗅《か》ぎつけたからにちがいない。ホロ・キューブを作動するコードを見つけだすまで、ティピ一号は食いさがった。

もちろんわたしもすぐに、このキューブがいかに重要であるかを理解した。それは巨大ブラックホールから吸いあげたエネルギー分配の回路設計図だった。

「ティフ！」回路設計図を調べたあと、ニアが興奮して叫ぶ。「わたしたち、どうしてもこれを持っていかなければならない！　この回路設計図を高性能シントロニクスに分析させれば、きっとハンター旅団の宇宙要塞のポジションが見つかるでしょう」

「そうだな、それはありうる」わたしは認め、一号に、回路設計図のデータをロボットのポジトロニクスに入力するようもとめる。

それから、ホロ・キューブをビームで撃って破壊した。ひょっとしたら回路設計図のコピイがあるかもしれないが、もしなければ、このホロ・キューブの紛失はすくなくともソトを怒らせるだろう。

そのあと、ニアとわたしはあれこれ探しつづけた。まもなく、エルサンド・グレルとシド・アヴァリトが合流。ふたりはティピ三号をともなっており、どのようにして三号を発見し救出したのかを報告した。

それは、われわれの期待を膨《ふく》らませる、さらなる成功だった。

四人でさらに探しつづけようとしたそのとき、エルサンドが悲鳴をあげた。すくなくとも五千名のパニシュがプシ・リフレクター・バリアからあらわれ、ソトムに前進しているという。

「もっぱらプテルスです」と、彼女が説明する。「わたしはパラ露を過剰使用しているにもかかわらず、かれらの思考を不明瞭にしか受けとれません。でも、かれらはソトムに突入し、われわれを捕らえようとしています」

「そのなかにスティギアンはいるか？」と、わたしはたずねる。

「いえ、いません」と、彼女は答える。

「なら、かれらはソトムの前でとまるだろう」と、わたしは答える。「スティギアンは、ニアとわたしが仲間にくわわっていると予測しているにちがいない……われわれを捕らえられるのであれば、みずからその場にいたいと考えるはずだ」

「ありえます」と、エルサンドがいう。「でも、プテルスたちはそんなことは顧慮しないでしょう。地位の高いプテルス二名の、はっきりしないインパルスをキャッチしました。かれらは重大なミスの埋め合わせをしようと、荒々しく決意をかためています」

「ソモドラグ・ヤグ・ヴェダとオタルヴァル・リス・ブランね」ニアは簡潔にいう。「ウパニシャド学校の管理者よ。ティフとわたしはこの二名のことをよく知っている。かれらはそのつどのソトに忠実で、無条件に忠誠を誓うの。まさにそれゆえに、負い目を消し去ることができると思ったら、不服従を恐れてしりごみしたりしない。当然、わたしたちをかたづけたらすぐに、儀式めいたやり方で自死するでしょう。なぜなら、それによってかれらはソトの許しを獲得できるから」

「そういうことだな」と、わたしは答える。「われわれにとってここはもはや安全ではない。行こう、身を守らなければならない！　シド、きみはどのくらいのあいだテレキネシスで戦うことができる？」

アンティは辛辣に笑い、

「パラ露がなくなるまで」と、請け合う。

「あるいは、精神的に燃えつきるまで」エルサンドが心配そうにいいそえる。

「そうならないようにする」と、シドが約束する。

「そう願いたいね」わたしはいい、仲間たちに、ついてくるよう合図を送る。

ひょっとしたら、われわれ、パニシュたちをしばらく押しとどめることができるかもしれない。つきがあれば、スティギアンが自壊装置のスイッチを切るまでのあいだは。

まだそうしていないといいのだが！　と、わたしは思った。

しかし、ペレグリンがきっとなんらかの方法で伝えてくれるだろうと、みずからをおちつかせる。どうしてそう思えるのか、これといった根拠があるわけではないが。

＊

かれらがきた！

エレクトロン双眼鏡をすばやくまわすと、いくつもの列をなして急斜面のそばを上昇してくる攻撃者全員が、シャント・コンビネーションを着用したプテルスであることが確認できた。

かれらが徹底して行動したなら、数分後には圧倒的優勢のうちに戦いが決するだろう。ただし、パニシュたちがソトのドームに損害をあたえないよう用心することは期待できる。かれらにとっては神聖な場所にちがいないのだから。

「用意はいいか？」わたしは仲間たちにたずねる。

ニアがうなずく。彼女はスイッチ・ニードル銃を両手で持ち、クインタディム・フィールド・パルセーターに切り替えた。わたしもそうする。そうしたくはないのだが、シャント・コンビネーションを着用したプテルスにパラライザーでたちむかうのは、戦闘グライダーに弓を射るのに等しい。

「撃て！」と、わたしはいう。

われわれは連続射撃をはじめる。二千パルス毎分が各武器からはなたれ、ターゲットのもとで五次元性の球状指向フィールドを築く。このクインタディム・フィールドは、送り出しに切り替えた転送フィールドに典型的な非実体化の特性を有する。つまり、ターゲットはハイパー空間にほうりだされるのだ。

いずれにせよ、保護されていないターゲットの場合はそうなる。しかし、プテルスのパニシュたちは、シャント・コンビネーションを完全に精神的にコントロールしている。だから、それによってコンビネーションの素材は、飛翔体、ビーム攻撃、クインタディム・フィールドに対しても非常に強い耐性を持つ。

黒い球状フィールドを無効にされることのないように、ニアとわたしはすくなくともパニシュに次々と十回、命中させなければならなかった。そのあとは、もちろん当該パニシュはハイパー空間に永久に消えた。

そのあいだに、エルサンドとシドも行動に出ていた。

われわれ四人は岩棚の下側の開口部で位置についた。ザイルで身の安全を確保し、パラトロン・バリアに守られ、開口部のはしから外に半分ぶらさがっている。ソトムの上側は無防備なままだ。いずれにせよ、この圧倒的な相手に対して、われわれがふた手に分かれるのは無意味というもの。こちらのよりどころは、われわれが閉じ、コードによって守られた本部のハッチをパニシュたちが開けることができないことにある。かれらにとり、それを爆破するのはためらわれるだろうから。

攻撃者の最初の小編隊が減少していくさまを見て、わたしは唇を結んだ。シドは両手いっぱいにパラ露のしずくを持ち、信じられないスピードで、パニシュたちをテレキネシスで投げ返す。かれ同様にパラ露を過剰使用しているエルサンドは、一分あたり二十名の攻撃者をプシ暗示によって混乱させたので、かれらは飛翔装置のスイッチを切るか、あるいは引き返すしかなかった。自分たちの仲間を撃つ者さえいた。

多くのプテルスが、夜のように暗いクインタディム・フィールドによってハイパー空間に投げこまれた。

攻撃者たちも同様に撃ってくるが、かれらはパラライザーしか使っていない。それはわれわれにとってラッキーだった。さもなければ、われわれは数秒で殺されていただろう。戦士崇拝にもとづいた迷信は、まさにこれらの者たちの弱点だった。

攻撃者の第三の小編隊が全滅すると、のこりは方向転換した。仲間の戦闘グライダー……その高性能の防御バリアに対して、われわれの携行兵器はなすすべがない……のなかにまぎれるか、あるいはわれわれがソトムに飛んでくるときに探知した山にある、多数のちいさな基地に保護をもとめた。

われわれはもうすこしようすをみてから、その場所をはなれ、ソトムのなかにもどる。

「きみはまだパニシュたちの思考インパルスをキャッチできるか、エルサンド？」わたしは女テレパスのほうを向く。

「多すぎるほど」と、エルサンドはうんざりしたように答える。「それらはひとつの理解できないざわめきに溶け合っています。奇妙ですね。攻撃がはじまったときには、もっとうまく超能力が使えたんですが。そのとき、プテルス自身から情報を抜きとることはほとんどできなかったというのに」

　わたしは驚き、それから疑念がきざした。

「かれらはなにかに気づいたのだ」わたしはエルサンドにいう。「プシ暗示性の影響を受けた者たちを見て、ほかのパニシュたちが、われわれのなかにパラテンサーがいると推測したのだろう。プテルスは自分たちの思考を操作して、意図的に混乱させているのかもしれない、エルサンド。このことはかれらが、われわれに気づかれぬよう、なにかよからぬことをたくらんでいることを意味するのではないか。展望制御室へ急げ！」

　われわれは、ソトムのまわりを光学的にも探知技術的にも観察できる部屋に急ぎ、当該装置のスイッチを入れた。

　スクリーンが明るくなる。

　わたしの懸念が確認された。

　ソトムのまわりにパニシュが群がっている。上からきたにちがいない。とはいえ、ハッチや壁を突破しようとするようすはなく、なにかを待っているようだ。多くのパニシュがとくに正面入口近くに集中している。

「開放コードを突きとめるつもりでしょうか？」エルサンドがいう。

「しかるべき装置は見えないけど」と、ニアが答えた。それから、興奮してあたりを見まわし、心配そうに叫ぶ。「一号がいない！　三号、一号はどこ？」

そばに立っているティピ三号は視覚セルを明滅させ、それから答える。

「一号は正面入口に向かっています」

「かれら、ロボットに影響をあたえたんだ！」と、シドが叫ぶ。「きっと主ハッチを開けさせられる！」

「あとにつづけ！」と、わたしは叫んだ。

われわれは急ぐ。全員が、パニシュたちがソトムに入りこむことに成功した場合の危険を認識していた。ソトムの保安装置を作動させるわけにはいかない。それはプテルスだけでなくわれわれの息の根をも、とめることになるだろう。

部屋を駆けぬけながら、わたしは考えた。パニシュたちは、攻撃のあいだ、ひそかにロボットに影響をあたえる装置に従事していたにちがいない。かれらはこの点に関して、明らかにわれわれよりも先を行っている。とはいえ、かれらの装置も完全ではない。完全であれば、三号も影響されていただろう。

あるいは三号も影響を受けているのだろうか？　パニシュたちの意図で、いまはまだ活性化されていないだけで。

ティピ三号はわれわれの先を進んでいる。実際、今後ロボットが問題になる可能性があるとはいえ、急いでチェックすることはできない。いまは一刻もむだにできないのだ。なりゆきにまかせるしかないということ。

最初の部屋に到着したとき、一号がハッチの内側に立ち、なかから開けられるハンドルをちょうど握ったところだった。

「さがってください！」と、三号はいい、インパルス兵器をくりだす。

「いうとおりにするんだ！」わたしは仲間たちに叫ぶ。地獄と同じくらい熱くなると理解したから。

われわれは二番めの部屋に大急ぎでもどり、隔壁の背後に身をかくす。

次の瞬間、三号が発砲した。

一・五秒後に発砲がやんだとき、第一の部屋の壁は赤熱し……ティピ一号はもはや存在しなかった。

だが、すくなくともパニシュたちは、計画を実現できなかったということだ。

11 ティンタ・ラエの報告

意識がもどったとき、わたしはまだ朦朧《もうろう》としていた。目を開けてから、記憶がもどってくるのに、すくなくとも半時間はかかった。

その後ようやく、部分的に不明瞭ながら、しだいに思いだす。わたしが捕虜になり、プシ・プレッサーによる尋問で神聖寺院作戦に関するすべてを洩らしたことを。自分が潜在的モヴェーターであることも洩らした。そのことがパニシュたちに、わたしに一粒ずつパラ露をあたえ、プシ能力を実演させてみるきっかけとなったのだ。

パラ露のしずく一粒ではそうするにはたりないと、かれらは知っていたにちがいない。それでもなお、かれらはわたしに、一粒が消費されると次の一粒をあたえた。それを、わたしが意識を失うまでつづけたのだ。

それは不必要な精神的苦痛、つまり拷問だ。

そのことに関する怒りがわたしのなかで煮えたぎり……突然、わたしは無気力状態から脱した。寝かされていたかたい寝椅子から跳び起き、ドアに行き、こぶしでたたく。

びくともしない。その響きから、すくなくとも厚さ二十センチメートルはある強固な分子凝縮メタルプラスティックでできているドアだとわかった。オクストーン人の力をもってしてもかなわない。

すくなくとも数粒のパラ露があれば、かれらがあらたな尋問にくるタイミングを待ち、超能力を活性化させることができるのだが。敵の動きを極度に遅くするか、あるいは自分のまわりに時間圧縮フィールドを構築して、そのなかではパニシュたちが立像のごとく硬直しているように見えるほど、すばやく動くことができるだろう。パニシュたちの数的優位をかんがみても、時間圧縮フィールドは実際に役だつはず。なぜなら、そのとき、わたしのエネルギー消耗はとてもすくなくてすむから。

しかし、パニシュたちは一粒のパラ露も置いていったりはしない。

絶望してわたしはドアに背を向ける。

仲間を助けるためになにもできない。しかし、わたしの助けがなければ、かれらは逃れることはできないだろう。そのために、パニシュたちはソトムのあるマカルーを隙間なく遮断したのだ。

突然、わたしはからだがこわばり、わが目を信じられなくなった。

寝椅子の足もとに、小型消火器のような外観の赤い容器が置いてある。

パラ露用のパラトロン保管容器だ！　正確にいうと、パラ露千粒の保管用の！

わたしは苦々しく笑う。

幻覚にちがいない。プテルスはけっしてパラ露千粒を独房に置きっぱなしにしたりしない。これを使えばわたしがどうなるかを知っているのだから。

わたしがまず勝利感に酔いしれ、そのあと落胆するよう、空の容器でからかっているのであれば、べつだが。かれらならやりそうなことだ。

腹をたてながらも近づき、取り出しスイッチをたたく。

かちっと音がして、すくなくとも十粒のパラ露のしずくがディスペンサーから出てくるではないか。

あっけにとられながらも、わたしは片手でそれを受けとめた。これはほんもののパラ露なのか、それともだまされるくらいよく似ているが、まったく効果のない模造品なのか。

しかし、だれがわたしのために、独房にパラ露を持ちこんだというのか？

答えはわからなかったが、チャンスをためそうと決心した。

わたしは潜在的テレキネスではないので、ドアを蝶番《ちょうつがい》からはずすことはできない。かれらが外からドアを開けるまで待たなければならない。パラ露十粒はそのときまでに昇華するかもしれないが、まだたっぷりのストックがある。

わたしは容器を足で寝椅子の下に押しこんだ。これで、ドアの監視装置で独房を見ても見つかるまい。実際、プテルスが容器をとっくに発見していないのが不思議だ。おそらくわたしを見張るためのミニ・スパイが独房にそなえられていないのだろう。パニシュたちはきっと、わたしがもっと長いあいだ意識を失っていると考えたのだ。

その直後、ドアの監視装置が明るくなり、だれかが外からのぞいていることがわかった。危険がないと見せるため、わたしは肩を落とし、無気力に床を見つめる。

数秒後、ドアが音をたて、勢いよく開いた。

プテルス四名が外に立ち、大型パラライザーをわたしに向ける。

しかし、わたしはすでに、すべてのものの動きが非常に速められる時間圧縮フィールドのなかにいたので、プテルスがまだ一ミリメートルも動かないうちに、パラ露容器を背中に縛りつけて独房を出て、かれらの一名からパラライザーをとりあげた。

もちろん、わたしがかれらのあいだを通りぬけるときは、かれらもわたしの時間圧縮フィールドのなかに入るので、わたしにとって危険になる。しかし、かれらの理解はあまりに遅すぎたので、なにかの行動に出る前に、わたしはパラライザーでかれらを麻痺させた。

あとはかんたんだった。

基地のなかでは一パニシュにしか遭遇しなかったが、かれはわたしに気づいていないようだった。わたしは、外からは岩壁の一部としてカムフラージュされているハッチの前に立ちどまる。自動的に開き、外には多数の戦闘グライダーが見えた。そのうしろにはシャント・コンビネーションを着用したプテルスがしゃがんで、上をうかがっている。

上！

そこにはマカルーの南壁からつづく大きな岩棚が突出している。多くの戦闘グライダーやプテルスのグループのあいだを縫って、わたしは全力で走りはじめた。かれらは記念碑の像のように動かず、同じ姿勢をとりつづけている。いずれにせよ、わたしにとっては。それは不気味なくらいだった。

わたしはまたたく間に上の岩棚に到着した……グラヴォ・パックが一体化された背嚢を、プテルスにとりあげられていたにもかかわらず。

正面入口の前に到着したとき、わたしは時間圧縮フィールドを消した。なぜなら、そうしないと、仲間がわたしを観察スクリーンで見ることはできないので。

ハッチが開くと、目の前が暗くなった。パラ露のしずく十粒が突然、強力な時間圧縮フィールドの構築をともなって爆燃したため、思っていた以上の力が奪われたのだ。

しかし、わたしはここにいる……それが重要なことだった。

ふたたび目が見えるようになったとき、わたしは左右からニア・セレグリスとシド・アヴァリトに支えられ、ジュリアン・ティフラーとエルサンド・グレルの前に立っていた。かれらは小声で話している。

「あれはペレグリンです。まちがいありません」と、女アンティがいっているのが聞こえた。「かれがわたしの精神に語りかけてきました」

「しかし、プシ・リフレクター・フィールドがあったのだぞ」ティフが考えさせるようにいう。

「時間圧縮フィールドのなかでティンタがそれを突破したとき、無効になったにちがいないわ」ニアが言葉をさしはさむ。

「ええ、それはありえますね」と、エルサンドが答える。「ティフ、かれがわたしに伝えてきました。スティギアンが自壊装置のスイッチを切ったと。遅くとも五十分後にはここに到着するだろうとのことです。しかし、かれのことは信用しないほうがいいと思います。かれは裏切り者で、パラ露の入った容器をわれわれから盗んだのだから」

突然、ニアが笑いだし、わたしの背中のパラ露容器をさししめした。

「ティンタのところに持っていくために持ち去ったのよ」と、彼女は説明する。「さもなければ、彼女はけっしてわたしたちのもとにたどり着けなかったでしょう」

「それが最後の証拠だ」ティフはいい、遠隔装置を両手に持ち、スイッチを入れた。

12 ジュリアン・ティフラーの報告

最終隔壁の向こうの部屋に踏み入ったとき、わたしは精神的打撃を受けた。あらゆることを予測していたが、まさかこんなことが。

ハッチ開口部のすぐ前では絶対的な闇しか見えず……そこから二歩進んだいま、わたしはプラットフォームの上に立っている。プラットフォームは絶対的な闇を背景に浮遊しているようだった。それを、ぜんぶで十二の銀河が球状にとりかこんでいる。完全に実物どおりの印象をあたえるホログラムだ。

暗黒空間から見た、エスタルトゥ十二銀河のホログラム！

われわれ、ついにやりとげ、ソト＝ティグ・イアンの至聖所にいる！

しかし、見えるのは銀河がすべてではない。

仲間たちもいま、この〝暗黒空間〟からプラットフォームにやってきた。われわれは魅了され、身震いしながら、球形の部屋の中心を見ている。一見すると何光年にも見えるが、実際には直径四十メートルほどの空間だ。

そこには球形の一シントロニクスと……もちろん、不活性フィールドの外被しか見えないのだが……シミュニケーター五台につながれた裸のプテルス五名が浮遊していた。ちょうど、生きたアンテナがシントロニクスからいろんな方向に突きだしているように。

「生体コンポーネントを持つシントロニクス！」シド・アヴァリトの口から漏れる。

「生体シントロニクスだ！」

わたしは頭をエルサンド・グレルのほうに向け、女テレパスが心ここにあらずの状態なのを見てとる。つまり、彼女はすでに探りを入れているのだ。

「ふたつのコンポーネントがある場合、同期を生じさせて情報を抜きとるためには特殊コードが必要になるわ」と、ニア・セレグリスがささやく。

わたしはうなずく。

「そして、われわれ、そのコードを確実に突きとめられる」

エルサンドは硬直状態から目ざめると、セランのマグネット・ファスナーを引き開けた。パラ露容器を持ちあげて、百粒ほどをセランのなかに流しこむ。

「手では充分な量を持てないので」と、彼女はいう。「でも、プテルスのシントロン共生体をプシ暗示でコントロール下におき、全知識のうちのかれらの持ち分を入手するためには、かなりの量が必要です。われわれ、それで満足しなければならないでしょう」

わたしは納得する。われわれには、それ以上多くを試みる時間も方法もない。ティンタ・ラエの助けで、ひょっとしたら時間は充分に獲得できるかもしれないが、追加の補助手段がなければそれも無意味だろう。

エルサンドがうめき、くずおれた。シドがキャッチする。ニアも同様に急ぎ、ふたりいっしょにアンティを支える。

わたしはプテルス五名を注意深く観察する。数分後、かれらのからだを震えがはしった。見てわかるほど呼吸がはげしくなる。それに対して、エルサンドは集中のあまり呼吸を忘れているかのようだ。大きく見開いたこわばった目で、宇宙球の中心を見つめている。

ほとんど四十分のあいだ、そのような状態がつづき、彼女はうめき、意識を失った。

「われわれ、立ち去らないと！」と、シドがいう。「遅くとも十分後にはスティギアンがやってきます。そうなれば、われわれ、もはや出ていけなくなる」

「エルサンドが情報を手に入れていなかったら？」わたしはそこが気がかりだった。

「彼女はプテルスがいままで所有していたすべての情報を得ています」アンティが請け合う。かれはパラ露のしずくでいっぱいの片手を見せて、「わたしは、彼女のなかに知識が流れこむのを感じました」

「プテルスが〝いままで所有していた〟？」ニアが小声で訊く。

「ええ」と、シドがかすれ声でいう。「いま、かれらはもはやなにも知りません。正気を失い、精神的に燃えつきました」

わたしは狼狽《ろうばい》したが、なにもいわなかった。われわれには選択の余地がない……それに、銀河系にいるすべてのプテルスは自由意志でギャラクティカーをそそのかし、弾圧者になったのだ。

「行こう！」わたしは決定する。「待ってくれ、わたしがエルサンドを運ぶ！」

「それならわたしにもできます……」と、ティンタがつぶやく。

「いや、わたしがやる！」

目下、わたしはオクストーン人にエルサンドをまかせることができない。ティンタは夢遊病者のような動きをしている。精神調整能力が乱れているように思われる。

わたしは女アンティを肩にかつぎ、歩きだそうとする。シドがスイッチ・ニードル銃を抜き、シントロニクスのシミュニケーターめがけて撃つのに気づくのが遅すぎた。気づいたわたしは、急いで振り向いた。

そのときはすでに、シミュニケーターのところに夜のように暗い球状フィールドが生じていた。それが消えたとき、シミュニケーターも消えた。さもなければ、シントロニクスは無傷のままだったと思われる。

それから、反撃があった。

けたたましいホイッスル音が一秒間ほど聞こえた。その影響はすぐに明らかになる。

わたしは、着用しているセランのヘルメット内に赤い明滅を見た。

それは第一級警報のしるしであり、防護服のすべての操作スイッチが故障したことを意味する。つまり、セランでは飛行できなくなり、いかなる供給機能もはたせない……パラトロン・バリアを作動させるような防御機能も、もはやなくなったということだ。

このことはわたしの仲間たちにも起こった。

万事休すだ。なぜなら徒歩で、しかもパラトロン・バリアが使えないのに、包囲軍のリングを抜け、ウパニシャド領域をはなれることはけっしてできない。カトマンズのはずれの秘密転送機ステーションにたどりつけないことは、いうまでもない。

しかし、もちろん、やってみるしかない。

妨害を受けずにソトムの主ハッチにたどり着いた。しかし、ハッチを開け、外にすくなくとも千機の戦闘グライダー……そのなかの一機はほかの二倍の大きさがあり、わたしはスティギアンが乗っていると確信した……を見たとき、われわれが高額の賭けをしてすべてを失ったことが決定的に明らかになった。

かたわらの気配に気づき、わたしは戦闘グライダーからティンタに目を向けた。

オクストーン人がパラ露容器をとるのが見えた。五十分ほど前のエルサンドのように、開いたセランにパラ露のしずくを流し入れている。

「やめるんだ！」わたしは叫ぶ。そのときにはおそらく二百粒ほどが、セランのなかに入っていた。

いうことを聞かないので容器を奪おうとしたが、彼女は逆らい、わたしの行為は徒労に終わった。

「多すぎてはだめだ、ティンタ！」と、わたしは警告する。「死んでしまうぞ！」

しかし、彼女は笑みを浮かべるだけだった。

「ところで、わたしたちの捕虜はどこにいるの？」突然、ニアがたずねる。

わたしは愕然とする。かれのことを完全に忘れていた。しかし、第三の部屋の柱に縛りつけたときのままだったら、かれを見ていたはずだ。

「影響を受けたティピ一号が対消滅《ついしょうめつ》させたのでは」と、ティピ三号がいう。「わたしはエネルギー放電を測定しました。とはいえ、特徴的なものではありませんでしたが」

「ひょっとしたら、あのパニシュ、一号を使って自分を転送させたのかもしれない」シドがいう。

「巨大ブラックホールにかけて！」ニアの口から漏れる。「転送インパルスはプシ・リフレクター・バリアによって妨害されている。パニシュは目的地にけっして到着できないわ……もしできたとしても、人間の姿ではありえない」

「残念だ」と、わたしはいう。嘘いつわりない気持ちだった。なぜなら、わたしはあのパニシュの戦士イデオロギーを、抗法典分子血清で治したいと望んでいたのだ。かれは真のテレパスとして、ＧＯＩの貴重な人材のひとりになっていただろうに。

「うまくいったわ！」あれやこれやの思案は、ティンタの発言で中断された。「われわれ全員、時間圧縮フィールドのなかにいます。ついてきてください！　わたしが登ってきたルートをおりていきます。でも、滑りおちないようにね！」

ずいぶんと好き勝手をいってくれる。われわれはオクストーン人の体質を持っていないし、熟達した登山家でもない。しかし、虎穴に入るしかなかった。なぜなら、われわれのだれもスティギアンの手に落ちたくないから。

急勾配の岩壁のせいばかりでなく、下山は悪夢のようだった。それをわれわれが克服できたのはひとえに、武器を使って岩に足がかりをうがったためと、シドがパラ露を使ってテレキネシスで、われわれひとりひとりを平均して五回、転落から守ってくれたおかげだ。とはいえ、もし天気が味方していなかったら、おそらく成功しなかっただろう。

いや、それでも悪夢だった。雲も戦闘グライダーもまったく動かず、斜面に配置されたパニシュたちは彫像のように硬直していて、まるでわれわれの方向を見ない。精神が部分的にシャットダウンするほど不気味な光景だ。

わたしは遅ればせながら、ある時点でペレグリンがわれわれとともにいたことを理解した。かれも時間圧縮フィールドの影響下にいたのだ。われわれがウパニシャド領域の境界にたどり着いたことも、そこであらかじめプログラミングしてあったフィールド・

バリア内の構造通廊をコード発信機を使って作動させたことも、シドが境界のすぐ近くにかくしていたオフロード車をわれわれが見つけたことも、カトマンズへ向かう途中のどこかでペレグリンがふたたび消えたことも、理解した。

カトマンズを目前にして、恐れていたことが起こった。

ティンタが精神的に燃えつきたのだ。彼女は支えを失い、くずおれるように倒れた。その瞬間、時間圧縮フィールドが消える。われわれは一瞬ごとに、ノーマルな時間経過の影響下にもどっていった。衝撃だった。それが、シドが車を岩の割れ目のなかへ導いた理由でもある。

わたしはティンタの上に身をかがめる。彼女はすでに死んでいた。目を閉じてやる以外、できることはなにもなかった。彼女を連れていくことはできない。われわれには重すぎるし、超高速に加速された動きの影響で、自分たちの力も急速に衰えている。

さいわい、エルサンドが元気をとりもどした。なんとかして、われわれは転送機のかくし場所までの数百メートルを、からだを引きずるように苦労して移動した。空には何機もの戦闘グライダーがあらわれ、弧を描く。

それらがあまりに接近してきたとき、わたしはティピ三号に命じた。われわれと別れてパニシュたちの注意を引きつけ、かれらに捕らえられたら自壊するように、と。

一分後、われわれは転送機の非実体化フィールドに立っていた。転送機はわれわれを送りだしたとたん、小型インターヴァル・ジェネレーターの作用によってごく微細な粉末に分解されるだろう。

ハイパーエネルギー性アーチができたとき、わたしは気づいた。ペレグリンという名前がラテン語で〝放浪者《ワンダラー》〟を意味することに。

次の瞬間、わたしは仲間といっしょに《キサイマン》の受け入れ転送機のなかに立っていた。非常に多くのことが頭のなかに流れこみ、わたしはこれらの思考を追いつづけることができなくなった……

13　エピローグ

わたしのまわりに集まったパニシュたち……そのなかにはソモドラグ・ヤグ・ヴェダとオタルヴァル・リス・ブランもいた……は、戦闘モードのわたしと対面したとき、すでに抵抗しようとしなかった。

それゆえ、わたしはすぐにかれらを相手にするのをやめる。

それにもかかわらず、わたしのなかでは、ＧＯＩのパラチームがわがソトムに入りこみ、極秘情報をくすね、その後こともなげに逃げおおせたことへの怒りが煮えくりかえっていた。

そのチームをひきいているのがジュリアン・ティフラーとニア・セレグリスであることは疑わない……そして、かれらの仕事ぶりになにがしかの誇りも感じる。それは、このウパニシャド学校の教育があってはじめて可能になったのだから。

しかしながら、かれらが断じて入手してはいけない情報をくすねたという事実が、わたしを不快にする。

わたしはパニシュたちを追いはらい、自分の秘密の部屋へおもむき、精神的に燃えつきたプテルス・コンポーネントを修繕ユニットによって除去させたのち、シントロニクスに問い合わせをした。

そのさい、シントロニクスそのものからは情報が抜きとられていないことが判明する。

そして、GOIがプテルスの脳からどのような情報をとりだしたかを正確に復元できた。

それからすると、かれらはいま、イーストサイドに対するわが艦隊の進発計画や、ブルー族が法典分子への従属を強いられていることを知ったことになる。

さらにかれらは、銀河系諸種族の恒久的葛藤への関わり合いに関するわたしの哲学的考察、ならびに恒久的葛藤が局部銀河群全体に拡大していることも知った。

したがって、かれらはまた、わたしがまだ発見できずにいる超越知性体〝それ〟の力の集合体のすべての支配を手に入れようとつとめていることも知ったわけだ……さらに、これらすべてをギャラクティカムとの協定に違反せずにやろうとしていることも。

かれらはいま、アンドロメダのマークスがどのように戦士崇拝に統合されることになるかの詳細な計画も知った。ろ座におけるノクターン殲滅《せんめつ》計画も、わたしがカルタン人をどのように恒久的葛藤におとしいれるかも。

さらに多くのことも知っている！

ＧＯＩは、わたしが究極の秘密兵器でブルー族を屈服させようとしていることさえ知っている。

ただし、かれらは、それがいかなる秘密兵器で、どのように作用するのかを知らない。なぜなら、そのことは生体シントロニクスに入力しなかったから。

それがわたしのすべての予防処置のなかで最良のものだ。

ジュリアン・ティフラーとニア・セレグリスはいろいろ推量し、あらゆる可能な対策をとればいい。それはかれらにもブルー族にも助けにならないだろう。なぜなら、わたしが力の集合体エスタルトゥから持ってくるものに対して、かれらはなんの準備もできないだろうから。

かれらは非常に多くを知った……だが、それらすべては、かれらにとってなんの役にもたたない。

わたしはソトだ。わたしは勝利するだろう。

カルタン人の行方

アルント・エルマー

登場人物

ニッキ・フリッケル……………三角座銀河情報局（ＰＩＧ）チーフ
ウィド・ヘルフリッチ…………ＰＩＧ副チーフ
ナークトル………………………同。スプリンガー
ドム・ボラン……………………ＰＩＧ要員。フェロン人
プルトロス………………………同要員。ウニト人
ボニファジオ・
　　スラッチ（ファジー）……ヴィーロ宙航士
ヴェエギュル……………………ブルー族

1

しゅっという放電音に、ウィド・ヘルフリッチは神経をとがらせた。痩身《そうしん》のテラナーは唾《つば》を吐こうとしたが、最後の瞬間に思いとどまり、右手で防護服のヘルメット・ヴァイザーを触る。ヴァイザーは完全に透明で、そもそもないんじゃないかと思ってしまうくらいだ。不恰好な手袋で探るような動作をしたあと、かれは唾をのみ、動きだした。

これは罠かも、と、自分にいいきかせる。だが、あのメッセージにはなにか意味があるはずだ。

三角座銀河情報局……通称PIG……の副チーフは、上半身をすこしのけぞらせた。頭上でまた光るものがあり、巨大なヘビの大きく開かれた口から出ているのではないかとも思われるしゅっという音がいつまでもつづく。かれが即座に〝魔女の大釜〟と命名したこの荒涼とした惑星にヘビがいる可能性はあった。惑星は、楕円形の一星雲を数学的に区分するとすれば、ウエストサイドのおおよその中心に位置している。すくなくとも星雲がM－33である場合には、ということだが。

しかし、ここは銀河系からおよそ五十五万光年はなれているろ座である。銀河間の距離を基準にするなら、スティギアンの奇蹟がある故郷銀河はすぐ隣りだ。

曖昧《あいまい》なメッセージのせいで、かれはいまここにいる。なぜニッキ・フリッケル自身がこなかったのか、あるいはすくなくともナークトルが派遣されなかったのかと、自問する。いや、自分がくるしかなかったのだ。なぜなら、三巨頭……PIGの幹部三人は冗談めかしてそう呼ばれている……の最年少だから。

ウィドはいまにも出かかった悪態を押し殺し、姿勢を正して前進のスピードをあげた。突風にさらわれて転がった。頭上の厚い雲が散らされ、引き裂かれる。雲はつねにかたちを変えるが、一度としてそのうしろに大気圏高層のグリーンの輝きが見えることはなかった。〝魔女の大釜〟の地表はとんでもない牢獄だ。三Gの自然重力がからだを圧迫しないよう、防護服の重力が調整されているおかげで、地球にいるように前進はできるが、すくなくとも引力に関してだけだ。ほかのすべてのことは、ウィド・ヘルフリッチにとって異質といっていい。

テラナーは振り返る。スペース＝ジェットのシルエットはとっくに霧につつまれ、視界は五十メートルほどしかない。ベルトの一計測装置が鳴った。ウィドは沈着にスクリーンパネルのスイッチを入れた。個体バリアが自動的に張られる。周囲をとりまいているグレイの薄闇に変化が生じた。黒い雲は煙のような薄いヴェールになり、数秒後には白っぽい黄色に変わる。ひと塊りの雲から柔らかなヴェールと条痕が生じた。と同時に、雷が地表を揺さぶり、大地が持ちあがる。ウィドは、ブーツの下に生命体らしきものがいることにはじめて気がついた。かれは高く持ちあげられ、ちいさな丘の上に立っていた。せいぜい十メートルくらいだが、それはまた崩れていった。すねのあたりに石やら褐色の泥やらが堆積されてきたので、グラヴォ・パックを作動して、そこに生じた吸引力から抜けだす。

歌うような甲高《かんだか》い音が聞こえた。北のほうから近づいてくる。ウィドは思わず首をすくめ、自分が正しい方向に向かって進んでいることをしめす標識あるいは断片的なインパルスがないかと探した。

ウィドは大きな声をあげて笑った。自分が正しい惑星を見つけたという百パーセントの確信すらないではないか。メタン・アンモニア惑星はどこの星系にもあるし、干し草の山から針を探すとなれば、二千万というおびただしい数の恒星を持つろ座はけっしてちいさい銀河とはいえない。

〝干し草〟というのは居住者のいない一惑星ということで、酸素呼吸体に数えられる存在にとっては生命をおびやかす世界だ。〝針〟はそういう環境で保護を受けずに耐えることができ、嵐や放電にさらされても快適と感じる一生物のことだ。

ウィドは目を細め、通信装置を操作しはじめる。条痕が下におりてきてかれをつつみこむので、コンタクト試行を何度も中断せざるをえなかった。条痕はねっとりした塊のように個体バリアの周囲をつつみこむ。バリアを張っていなかったら、このガス塊に引きずりこまれて溺死していただろう。防護服もろとも押しつぶされていたはず。

そんなことになったら、テラの子孫であり、三角座と呼ばれる渦状銀河に拠点を置くPIGの任務を受けた交渉人あるいは使者にとって、あまりに不名誉な最期だ。

ぶんぶんという音が聞こえてきた。記録マイクロフォンが音を増幅する。突然、ウィドは頭が冴えてきた。身をかがめて飛翔装置のスイッチを入れ、地面と平行になって、あがったり沈んだりする地面から二十センチメートル以上高くならないように進んだ。背後に壁が形成されていく。それは濃いグリーンに輝き、まんなかに、部屋ほどの大きさの穴があった。こういう穴は危険だ。雲塊のなかの絶え間ない放電とそれにより解放されたエネルギーが、地表に近い空気層の特定個所にいくつもの穴をつくっている。穴はエネルギー的には死んでいて、エネルギーを持つものすべてを吸いこむのだ。そのような穴のなかに入りこむということは、装備機器全体のエネルギー崩壊を意味する。したがって、保持者自身もエネルギーを失い、自然の力に対して無防備で立つことになる。

ウィド・ヘルフリッチは自分自身を呪い、自分に任務を割り振ったニッキを呪った。

重要な知らせ……役にたつメッセージ。それがもたらされたために、かれはろ座に飛ぶことになったのだ。ニッキはどこから入手した情報なのかを語らなかった。ひょっとしたら彼女自身、送信者がだれなのか知らないのかもしれない。

この任務とはべつに、いくつかのかたづけなければならないことがあった。銀河系からきた複数の部隊がパラ露を〝もぐり〟で捕獲している。つまり、宇宙ハンザの許可も、ソト＝ティグ・イアンが任命した検査官の許諾も得ずに。かれらは手段と方法を持っているのだ……銀河系にもどり、コンタクトをとるための。

たとえばホーマー・ガーシュイン・アダムスと。あるいはジュリアン・ティフラーや、GOIという名の背後にかくれているティフラーの支持者たちと。

ウィドはそうしたテラナーの何人かと接触し、レイラ・テラとかいう人物がいるハンザ商館ろ座を訪れることになっている。チャンスがあればそうするつもりだ。

だが、この瞬間はまったく確信が持てない。穴はウィドが飛ぶよりも速く近づいてくる。穴の前には円錐形の吸引領域ができていて、漏斗《ろうと》状の開口部が前を向いている。ウィドは使える全エネルギーを飛翔装置に使った。エネルギー食らいの進行方向から逃れようと移動するが、まるでスローモーションのようだ。うまくいったと思ったそのとき、すごい力でからだを引っ張られ、装置が悲鳴をあげた。かれは地面に接触し、個体バリアを張ったまま、湿っぽい埃《ほこり》のなかを吹っ飛んだ。

結局のところ、かれの命を救ったのはちいさなアンモニア溜まりだった。かれがそのなかを滑りぬけると、アンモニアがバリアのエネルギーによって蒸発し、靄《もや》のようになってウィドのうしろを漂い、穴がそれを貪欲にむさぼったのだ。

だが、小難を避けようとしてかえって大難を招いたようなものだった。靄のようなものは消え、暗い穴は爆縮。穴はむさぼり食うのをやめて消滅し、すぐに条痕も消えた。それらが膨《ふく》らんで雲に変わり、恒星が急速に沈んだように明るさがなくなる。いつもながらの半暗闇が〝魔女の大釜〟の昼の側に沈み、ウィドはもう時間がないことを思いだした。

あと数分だ。自分がスペース＝ジェットからどれだけはなれているものやら、またデジタル・コンパスが正常値をしめしているものやら、かれにはわからなかった。進行方向を見、装備機器の作動レベルをすこしばかり落とす。

前方に影がひとつあらわれた。ぼんやりしていてつかみどころがない。この惑星の奇妙な視界状況に目が対処できず、気圧が高くて地平線が曲がっているように見える。ウィドはずっと、やや上方に飛行していくような感じがしていた。それでも大局を見失わずにいられるのは、いままでの経験でさまざまな種類の惑星を知っているからだ。

それでも……ふたたび罠におちいるような感覚があった。

ぼんやりした影がより鮮明になり、なじみのある、よく知っている輪郭になった。ウィドは口もとを一文字にする。スペース＝ジェットか？　自分は旋回飛行しているのか？　装置によれば、そうではない。影は引き裂かれ、立方体の集まりとなり、次に球からできた集合体となる。やがて、たがいに連結されたふたつの円盤だとわかった。

それから、雲がその前に移動してきて見えなくなった。

ウィドは通信装置のスイッチを入れることにする。あらかじめニッキととりきめていたコード・インパルスを送り、応答を待った。

それなりの応答がある。

ウィドの周辺で突然、惑星が火事になったようだった。気温がいきなり二百度上昇。これ以上ひどいことなどないというような警報信号だ。個体バリアが過負荷にさらされていつか機能停止するだろうということはさておき、この温度上昇は、大気層がいま燃えはじめたことを意味している。まもなく連鎖反応のように大気全体が燃えはじめるだろう。

そうか、これは罠だな。何者かが情報を洩らし、ＰＩＧメンバーを罠に誘いこんだのだ。

カルタン人ではない。かれらはマーカルとのことで手いっぱいだ。説明がつくのはひとつだけ。

スティギアンが冥府の糸を引いたのだ。三角座銀河のノースサイドからきたと思わせるメッセージをもたらしたのは、ソトということ。この光学的な付随現象は、技術的優位性とあつかましさを示唆《しさ》している。スティギアンは良心のとがめなく、自分にとって必要性を感じない惑星を意味もなく犠牲にする。ソトは酸素惑星にしか興味がない。

ウィド・ヘルフリッチは自分のまわりで起こっていることに抵抗した。この現象がとっくに消えても、なおも抵抗する。大火でのこったものはなにひとつない。そのとき、通信装置に応答があり、やや変調した声が古めかしいトランスレーターから聞こえてきた。攻撃行動をやめ、着地するようにとインターコスモで要求している。

啞然としながら、要求にしたがう。自分がエネルギー・バリアの下にいるとわかる。バリアのまんなかに小型艇が一隻あり、それはかれのスペース＝ジェットよりわずかに大きい。上下に重なったふたつの円盤で構成されている。下の円盤の底部エアロックが開いており、ウィドはそこに影がひとつ見えたように思った。

「わたしはウィド・ヘルフリッチという」と、テラナー。「攻撃意図はない！」

周囲の大気に変化はなく、バリアが影と艇を気象現象から守っている。

影が動いて艇を出、薄暗がりに足を踏み入れた。投光器が乳白色の光線を地面に投射して、直径六メートルばかりの環をつくる。

一分後には、ウィド・ヘルフリッチは謎めいた未知者と対面していた。いまとなれば、罠ではなく予防処置だったのだとわかる。火災現象は、バリアをくぐりぬけたときの光学的効果だったのだ。

ウィドは自分よりずっと長身の相手をじっと見つめた。半月形のクッションのように膨らんでいるのが頭で、がっしりした胴体に固定されている。頭の上のほうのせまくなっている部分に、グリーンに輝くまるい目が四つあり、それぞれに細い瞳孔《どうこう》がある。それで前方も後方も見ることができる。

「わたしはグレルルク12」と、マーカルがいう。ウィドは、マーカル種族に会うとはまったく予想していなかった。「きみがタイムリーにコード・インパルスを発信したのは幸運だった。この時代、不注意を許される者などいないからな」

ウィドはかれの発言を、その言葉にプログラミングした自身のトランスレーターに翻訳させた。マーカルは、体内にメタン触媒を持つマークス……かつてアルコン人によって銀河系からアンドロメダへと追いはらわれた種族……の親戚である。かれらは変化したクラーマク語を話す。

ウィドは腹をくくった。顔におちつきはらった笑みがあらわれる。顔の表情をマーカルが判断できるのかどうかわからないが、それでも二重円盤はこの会話をすくなくとも光学的に記録しているはずだ。自信なさげにしないほうがいい。

「きみのいうとおりだ、グレルルク12」と、ウィド。「きみの種族がわれわれの組織に目を向けたからには、非常に重要なことがあるにちがいない！」

「危機にさらされていることがたくさんある。まずなにを聞きたい？　メッセージか、あるいは要請か？」マーカルはまったく無感情に答える。

「要請を！」

「これ以上カルタン人をパラ露に近よらせないこと、これが要請だ。かれらには莫大な備蓄があり、それをどこかに運んでいる。われわれマーカルはこれを策略だと考えている。実際のところ、ネコ生物は自帝国内にプシコゴンを隠匿《いんとく》し、わが種族に対する最終的攻撃のために集めているのだ。かれらが躊躇《ちゅうちょ》するとは考えられない。ろ座と三角座銀河間におけるパラ露輸送は停止されなければならない」

「それをだれにやれと？」

「宇宙ハンザ。そして、ソト＝ティグ・イアンだ。かれはろ座で目撃されている！」

ウィド・ヘルフリッチは耳をすました。

「スティギアンがろ座に？　それはニッキに知らせないと！」かれはアダムスに話そうと思ったが、最後の瞬間で思いとどまり、「宇宙ハンザはもうそういう要請を実現できないだろう。NGZ四三〇年以降、ギャラクティカムとカルタン人、双方の利益代表者のあいだで、パラ露を捕獲し自身の目的のために使用する権利を有するという合意が形成された。カルタン人がきみの種族への攻撃手段にするためにプシコゴンを集めているという主張には根拠がない。まったく異なる使い方を推測させる兆候がある」

「きみはわかっていない！」グレレルクの声がすこし大きくなった。「カルタン人はなにかおかしい。わたしは、カルタン人植民地への攻撃に参加したが、かれらは自由意志で植民地から撤退した。そのような行動、あの種族にしては不自然だ。マーカルの指導者たちがこの機会を利用して、宇宙セクター全体を自分たちのものであると要求したところ、ネコ生物はそれを拒絶したが、そのかわりに二倍もひろいべつの宇宙セクターをわれわれに提供したのだ。われわれはそれを受け入れ、紛争は解決した！」

ウィド・ヘルフリッチは深く息をした。そういうことだったのか。マーカルの領域であるノースサイドとカルタン人の領域であるウエストサイドのあいだでなにかが起こっていると、ＰＩＧはずいぶん前から気づいていた。しかし、正確になにが起こっているのかは知らなかった。それがいまわかった。このマーカルが秘密裡《り》にもたらしたメッセージは、きわめて大きな問題をはらんでいた。それは水素呼吸種族にとってもさぞかし衝撃的なことだったはずだ。そうでなければ、グレレルク１２を三角座銀河から二百二十五万光年はなれたろ座に送ってきたりはしないだろう。

「きみたち種族の安全が問題なのだな」と、ウィド。興奮のあまり、防護服の手袋のなかで指を動かしつづける。「自分たちの安全を確保したいから、銀河系諸種族、宇宙ハンザ、スティギアンにコンタクトをとったのか」

「スティギアンにはコンタクトしていない」マーカルは声をとどろかせる。「われわれ、奴隷商人ではない！」

ソトとの関連で〝奴隷商人〟という言葉は核心をついている。スティギアンというのは、自分の宇宙チェス盤で種族や生物をあれこれ動かすあざとい商売人なのだ。

「ＰＩＧが三角座銀河にあるのは、カルタン人を視野にとらえておくためだ」と、ウィド。「われわれの組織はなにも見逃さない。きみやきみの種族の要請を満たす力はわれわれにはないが、その関心事は顧慮する。われわれは三角座銀河のオブザーバーであって、執行者ではないことを忘れないでもらいたい。そこの住民のことがらに直接干渉することは許されていないし、干渉するつもりもない」

「われわれの祖先はアンドロメダ出身だ。で、カルタン人は？」と、グレレルク１２。

「なぜ、かれらは三角座銀河で暮らしている？」

「どういうことだ？　それは修辞的な質問か？　マーカルはカルタン人に関して、われわれの知らないいかなる情報を持っているんだ？」

「わたしの質問は、疑念を持つ種族の一員がいだくものだ。われわれマーカルは脅かされていると感じている。カルタン人はたしかに三角座銀河の出ではあるが、そうでなかったらよかったと、われわれは望んでいる。かれらがいつの日か故郷に帰ってくれればいいのだが」

「予防的紛争解決へのさらなる貢献としてか。で、マーカルがアンドロメダに帰るというのはどうなのだ？」

グレルク12は唐突に身をひるがえすと、それ以上はなにもしゃべらず、艇にもどっていく。エアロックが閉じてから、もう一度通信で連絡してきた。

「きみは情報を持っている、テラナー。だがそれをなにひとつ教えてくれない。きみはマーカルから不安をとりのぞくことはできない。この会合は徒労だった！」

「いや、そうではない」ウィド・ヘルフリッチは個体バリアのスイッチを入れた。しだいにニッキの術計がわかってきた。彼女はこの出会いについて、わたしに話した以上のことを知っている。相手となんの約束もすることなく情報を手に入れるため、なにも知らない自分を故意に送りこんだのだ。

「その根拠をあげることはできまい！」と、マーカル。二重円盤とその周辺に張られていたドーム形のバリアが消えた。

「できるとも。ＰＩＧは役割をはたし、いつの日かマーカルが不安から解放されるよう寄与する。両種族間にもう戦争はなくなるだろう。パラ露をめぐっても！」

ウィドは完全な確信をもって話した。カルタン人と水素呼吸種族のあいだにはつねに軋轢《あつれき》があったが、カルタン人は防衛あるいは攻撃を目的としてパラ露を使ったことはない。かれらがそれを必要とするのは、なにかべつの切迫した理由があるのだ。

それがなんなのかというのがそもそもの疑問で、その疑問を解明するためというのが、

NGZ四三一年にホーマー・G・アダムスがPIGを設立した理由だった。

「PIGとマーカルは、友好関係と呼ばれる関係ではないのか？」と、グレレルク12。

「われわれは平和を愛するすべての者と友好関係にある。戦争を引き起こさないかぎり、マーカルとだってそうだ。なぜ、きみたちはくりかえしカルタン人を攻撃するのだ？　不安ゆえか？　それとも領土拡大衝動からか？」

「われわれが、きみたち酸素呼吸体を理解することはけっしてないだろう」通信は終了した。

グレレルク12は艇をスタートさせた。ウィド・ヘルフリッチは大急ぎでその場をはなれるが、マーカルが巻きあげた旋風はテラナーをもみくちゃにした。かれは重苦しい雲塊のなかに投げだされ、凍りついたアンモニアのカーペットにつつまれ、液化水素の湖に投げこまれる。やがて、ふたたび〝魔女の大釜〟の地面が見えた。ウィドははっきりと目に見える丘に向かい、人を惑わす土の上に腰をおろす。この、地表の通信を妨害する靄のなか、急速に日が暮れたあとの夜にスペース＝ジェットを見つけるのは、何時間もかかるとわかっていた。

生きながらえることができたとしてだが。

そうしたら、ニッキにしかるべく意見を述べてやる。彼女はこう答えるだろう。

「いったいどうしたいの、ウィド？　十六年前、あなたは《ワイゲオ》での船内生活が死ぬほど退屈だと嘆いていた。それ以来わたしは、あなたに充分な気分転換をさせるためにたえず努力してきたのよ。だから文句なんかいってないで、ハッピーでいなさい！」

ウィドはハッピーでいようと試みたが、〝メタンズ〟のグレレルク12のことが頭からはなれなかった。アルコン人が大昔につけた〝メタンズ〟という呼称は、完全には正しくない。マークスとマーカルはもともと水素を呼吸するのであり、水素はメタンとは対照的に体内で即座に反応をしめす……つまり、エネルギーを生成するのだ。マークスは食品中にふくまれるアンモニアを充分な量、摂取することで、NHラジカルまたNH_2ラジカルを分離する酸化体を体内に供給する。吸引された水素が燃焼されると、酸化体はふたたびNH_3分子……つまり、かれらが吐きだしたアンモニア……を供給するのだ。大気中に充分な水素があって、放出されたアンモニアがからだに負担をかけないかぎり、エネルギーに富んだメタンが呼吸空気中にほとんどなくても、マークスやマーカルにとってなんの問題もない。マーカルはメタン惑星と水素惑星、どちらかを好きに選択して定住すればいいのだ。他種族とのあいだで困難や問題が起こることはない。

ウィド・ヘルフリッチはヘルメット投光器のスイッチを入れ、ニッキ・フリッケルがこしらえたいまいましい状況を照らす。この数日で、だれがなにを呼吸するかはわかった。どうでもいい、おもしろくもないことだが。

重要なのは行動だ。

ＰＩＧに関して、だれにも否定できないことがひとつあった。ＰＩＧはことのほか強く行動を渇望するのだ。

ウィドはそれを身をもって知っている。

2

八週間後
NGZ四四六年一月七日

「ウィド、よくもそんなひどいことを！」ニッキ・フリッケルが大きな声でいう。《ワイゲオ》の司令室に緊張がはしる。残念なのは、ナークトルがいないことだ。だが、だれかが不在であっても、すくなくとも三人のうちひとりは惑星カバレイの本部にいるという状況に慣れてきた。

「まったくひどいことなんかじゃない」ウィドは憤然としている。「わたしには背景を知る権利がある。とにもかくにも、深刻な生命の危機にさらされたんだ。スペース＝ジェットのコンピュータがわたしの指示を無視して、一時間わたしを捜索するというプロセスを実行していなかったら、あの惑星〝魔女の大釜〟の犠牲になっていただろう。ジェットはコンピュータに動かされて、発生した荒れ狂うメタン嵐のなかをやってきた。手がとどくすぐそばまできているのに、嵐に翻弄《ほんろう》されて大気の高層圏にまで引っ張りあげられていく気分が想像できるか？」ウィドは効果を狙って技巧的な間を入れる。「できないよな。きみがそれを知るわけがない。だが、わたしをろ座に送りこんだときに、知っていながらあえて教えなかったことがあるだろう。そのことを考えただけで、腹の虫がおさまらない。ほかのもっとかんたんな方法で手に入る情報のために、二百二十五万光年も移動したんだぞ。マーカルはろ座でなにをしているのだ、え？」

ニッキはすこし驚いたようすをみせた。それからこれみよがしに息を吸い、笑った。両手を腰に当てる。骨張っていて男っぽい印象をあたえる指がいつも以上にはっきり見える。

「いったいどうしたいの、ウィド？　十六年前、あなたは船内生活が死ぬほど退屈だと嘆いていたじゃないの。それ以来わたしは、なんとかしなくちゃと思って……」

「やめてくれ！」ウィド・ヘルフリッチが怒りを爆発させる。「そんなことはわかっている。もういい。だったら、わたしは、説明をもとめることをやめにしたい！」

「どうか、そんな、ウィド！」ニッキは急に友好的になる。「もちろん、あなたには知る権利がある。ちゃんと聞いて！」

ほぼ六百年のあいだに、三角座銀河では三回の毒呼吸体戦争があった。カルタン人が新規開発した遷移エンジンを使って最初の植民地を設立し、急速にM－33のかなりの領域に拡大していったため、その領土拡張政策に対して、マーカルは必死に防戦した。

旧暦三五八七年が決定的なターニングポイントだった。ヌジャラの涙、つまりパラ露のしずくが、ヌジャラ星系に物質化したのだ。その原産地がろ座だと特定された。それ以降、カルタン人は〝はるかなる星雲〟の前にある小銀河にひそかに船を送りこみ、女たちが恒星ヌジャラから獲得したエスパー能力により、第二次毒呼吸体戦争に勝利した。三九九一年には第三次毒呼吸体戦争が勃発。パラ露がマーカルに対して使われ、カルタン人の勝利に終わる。かれらはろ座と三角座銀河の接続を断ち、マーカルとのあいだで平和条約を締結した。なにがかれらを譲歩政策へと導いたのか、正確には知られていないが、パラ露が関係していることはまちがいない。

しかし、ろ座にパラ露があることや、その可能性に関して、マーカルがまったく知らなかったのは明らかだ。

銀河系で発生したストーカーをめぐる出来ごととの関連で、ろ座のカルタン人ははるかなる星雲の諸種族の力に気づいた。かれらはパラ露領域での捕獲を全面的に再開することになり、《マスラ》が宇宙ハンザの船と遭遇する。ストーカー側がいくつか陰謀をめぐらせたが、その後は宇宙ハンザとカルタン人双方にパラ露領域の捕獲を許可するという協定が結ばれた。パラ露はそこにいるすべての生物のものだ。ただし、探していいのはそれぞれの勢力圏内においてのみで、他種族の勢力圏内で捜索してはならない。ギャラクティカーが三角座銀河で捕獲することはまかりならぬし、カルタン人は、かれらがはるかなる星雲と呼ぶ銀河系……カルタン語ではサヤアロンという……で捕獲してはいけない。

そこまでは、まあよかった。しかし、ほぼこの時点から話がおかしくなる。カルタン人は突如として異なる行動に出、あらたな路線を選択したのだ。グレレルク12がニッキ・フリッケルに送ってきたメッセージは、マーカルが自分たちの存続を危ぶんでいるという内容以外のなにものでもなかった。しかし、メッセージのほんとうのポイントは、毒呼吸体が宇宙ハンザにコンタクトして自分たちの懸念を表明したことではなく、グレレルク12がろ座で会いたいといってきたことだ。これまでに捕獲されていない広大なパラ露領域の近くにある、一メタン惑星で。

つまりマーカルは、カルタン人の秘密や、かれらとろ座との関係を解き明かしたということ。なにをするつもりなのだろうか？　同様に捕獲船を建造し、銀河間の深淵へ送りこもうというのか？　それとも、自分たちの知識をただたんに、圧力手段として使いたいだけなのか？　カルタン人が十六年間なんら攻撃的政策をとってこなかったのに、いまになって？

「もうわかったでしょう」と、ニッキ。「なんの先入観もないあなたを送りこんだからこそ、メッセージの真の意味を確認することができたのよ。あなたはその任務をまっとうし、ほかにもＰＩＧが満足することをした。レイラ・テラには警告したから、用心するでしょう。宇宙ハンザはろ座でそれなりの作戦に出るはず。可能なかぎり注目を集めずにね！」

「きみの意図はわかった」ウィッド・ヘルフリッチはつぶやく。「しかし、それが、われわれにどう役だつというのだ？　マーカルに対するカルタン人の平和路線は策略かもしれないということか？」

《ワイゲオ》の当直通信士でブルー族のアルビノ、アシオプが報告にきたが、ニッキはそっとうなずいて、待たせておいた。現時点ではルーチン報告よりウィッドの懸念のほうがずっと重要だ。

「絶対に陽動作戦よ」と、彼女はいう。「カルタン人は、われわれがかれらを観察していることを知っている。かれらはパラ露をどこかに送っているけど、これまでのところウムバリ級の遠距離船を目的地まで追跡することはできていないので、送り先がどこかはわからず、当て推量しかできない。遠距離船での航行は時間がかかりすぎるし、PIGおよび宇宙ハンザの船のキャパシティには限界があるため、当面は打つ手がないわ。

法典忠誠隊やスティギアンのハンターたちを相手に手いっぱいだもの。マーカルが脅かされているわけではないと、かれらにどうやって教えたらいいの？」

それに関しては、ウィッド・ヘルフリッチも《ワイゲオ》のほかの乗員も答えを持っていなかった。ようやく聞くことができたアシオプの報告によると、カルタン船の小規模部隊がウエストサイドとノースサイドの境界領域に集結しているということだ。そのセクターで確認できるマーカルの行動はないので、意味するところはただひとつ。

「ゴレボンよ」と、ニッキ。突然その口調が冷たくなる。ウィドは震えた。「かれらはゴレボンに狙いをつけている。トム・スティーリーがまたもや大胆不敵なことをしたんだわ！」

ほどなくカバレイとのコンタクトが成立した。ナークトルからだ。数秒後には全艦船とPIGの各基地に警報が鳴りひびく。《ワイゲオ》は加速し、すぐに光速航行に入り、三千八百光年先の通常空間でふたたび出現し、ただちに青い恒星へのコースをとった。その恒星の最外縁惑星である第六惑星ゴレボンに、三角座銀河情報局の秘密基地がある。

「残念ね」ニッキがつぶやく。「この基地の偽装はよくできていて、カルタン人もマーカルもその存在を知らなかった。スティーリーは新しい潜伏場所を探さないと！」

探知装置に突然に表示されたエネルギー爆発がかれらを沈黙させた。ニッキの口からはもう言葉が出てこない。

「これだもんな。PIGでは退屈するひまがない！」ウィドは不機嫌にうなる。

＊

宇宙ハンザの三角座銀河情報局は十五年間の活動のなかで、カルタン人がマーカルに対して絶対的な平和路線を選択したことを、いっそう確認することになった。以前はげしく争った相手である水素呼吸体に対し、カルタン人は数年にわたって自発的にさまざまな宙域を譲りわたした。もともとメタン惑星よりも酸素惑星のほうが多いので、マーカルにとって、自分たちの領域の境界を決定して生存に必要な条件を適合させることは非常にむずかしかったが。もっとも最近の紛争も、カルタン人が撤退することで解決をみた。ただし、制約がひとつあった。それがなんであったか、トム・スティーリーは知っていたはずだ。その理由も知っていたかどうかは定かではないが。

PIGに関わることがもうひとつある。この情報局は法的な観点からいうと地下組織であり、設立の日から協定違反をしていた。しかし、カルタン人が宇宙ハンザに対して公式に抗議してきたことは一度もない。PIGの存在に関してなんの処置もとられることがなかったわけだが、それも奇妙な話だ。カルタン人がPIGと戦うのは、こちらの船がパラ露輸送船あるいはかれらの基地惑星か工廠《こうしょう》惑星に近づいた場合のみ。その場合であっても、パラ露が武器として使われたことはなかった。

カルタン人はたったひとつのことを望んでいる。かれらはパラ露輸送をしずかに、できるかぎり極秘におこないたいのだ。《マスラ》タイプの遠距離船が、三角座銀河とろ座のあいだを定期的に運行していた。遠距離船はM－33に向けてウムバリ船にパラ露を運び、ウムバリ船はおとめ座銀河団の方角へ向かう。その輸送はおそらくエスタルトゥあるいはM－87に向かうと思われた。カルタン人の超光速船は二千五百万光年先の目的地への輸送に、標準時間で二年を要する。遠征のスタートはきわめて秘密裡におこなわれ、あらゆる手段をつくして陽動作戦が展開されている。

スクリーン上で第六惑星の球体がどんどん膨張していくのを見て、ニッキ・フリッケルは陽動作戦について考えざるをえなかった。《マスラ》タイプの円盤船二隻が探知されている。二隻は軌道上にいて、惑星フェリー二十隻を放出した。いずれも円盤形だ。

「母船のいずれかとコンタクトして」ニッキは急いで命じた。端末のセンサー上をアシオプの細い指がはしる。《ワイゲオ》は技術的にかならずしも最新式ではないが、すべてが完璧に機能した。

「反応がない」ブルー族がセミの鳴くような声でいう。「かれら、われわれを探知しているが、なんの注意も向けてこない！」

「攻撃！」PIGの女チーフがどなった。「かれらのお楽しみをぶち壊してやる！」

カラック船はコース変更し、惑星大気圏へと猛禽《もうきん》のように降下した。ゴレボンは無人惑星だ。植生はなく、動物もいない。かといって完全な不毛というわけではなく、砂漠惑星でもないし、岩塊風景がひろがる惑星でもない。高濃度金属を含有し、地表はあらゆる色彩の光スペクトルで輝いていた。酸化物、ケイ酸塩、金属類が豊富で、地表のあちこちで氷河のように露出していた。それが錆《さ》びたようにはしから崩れ、風がちいさな粒子をあらゆる方角に運び去る。軽い小片が集まって大気中を漂うので、正確な探知は不可能といっていい。惑星フェリーは浮遊する金属粉群と区別できない。

《ワイゲオ》のコンピュータは基地の正確な位置データを持っていた。大きな弧を描いて基地に接近する。それは、船が意図的に基地がある場所から遠くはなれたコースをとっていると推測させるにちがいない。基地があるはずだと思われたところにはなにもない。トム・スティーリーはたったひとつしかない正しい行動をとり、基地の全エネルギーを遮断していた。かれとそのチームはまちがいなく、どこかでスペース＝ジェット内にひそみ、離陸するのにもっともいいタイミングを待っている。

そのあいだに両マスラ船の惑星フェリーは地表に到達し、低高度で飛び、惑星各所に散っていった。明確なプログラムにしたがっているということ。それを《ワイゲオ》のコンピュータが算出し、グラフィック表示した。

ニッキ・フリッケルはまだためらっていた。高らかに攻撃命令を出しはしたが、武器を使用してカルタン船を直接攻撃しようとは考えていない。さしあたって重要なのは、相手に対して自分たちの意図を曖昧にしておくことと、断固とした飛行行動によってカルタン人が基地に近づかないように試みることだ。

アシオプが再度、通信接続を試みた。カルタン人からの応答はない。どうやらかれらはがまん強いＰＩＧと言葉でやりとりするのさえ沽券《こけん》に関わると考えているようだ。

「母船が介入してくる！」突然、ウィド・ヘルフリッチが大きな声で、「本気だぞ！」

直径二千四百メートル、厚さ六百メートルの両円盤船が軌道をはなれ、大気圏内に入っていった。正確に予測できるコースを飛んではいないが、カラック船に狙いをつけているように。いるとニッキは感じた。

「ウィド」と、ニッキ。「三十秒後には乗員三名とともにスペース＝ジェットに乗って基地へ飛んでちょうだい。この下でなにが起こっているのか、わたしにはわからない。スティーリーはパッシヴ探知機でとっくにわれわれのことを見つけたはずなのに！　どうして自分のスペース＝ジェットでまだ穴から出てこないの？」

ニッキがいっているのは、金属にいちめんおおわれた風景のまんなかに、自然に形成されたクレーターのように口を開けている、基地の漏斗形出入口のことだ。

磁性を帯びた小片の巨大な群れが空中を漂い、《ワイゲオ》のバリアに近づいてくる。ニッキは群れを避けるように操船する。回避飛行が終了するまでに四十秒を要した。そのとき、ウィドがスペース＝ジェット《ビッギ》から連絡してきた。スタート準備はできている、と。

《ビッギ》がカタパルトによって自動射出される。格納庫ハッチが開き、スペース＝ジェットは構造亀裂を抜け、惑星地表に対してななめに飛んだ。エンジンが轟音《ごうおん》をたてる。《ビッギ》はどこかで剝がれおちた台形の金属片の雲の下にもぐりこみ、高度百メートルで飛行していたが、ふたたび下に向かいはじめ、探知バリアを張ってクレーターに接近している。

「さ、姿を消すのよ」ニッキの声がウィドと同行者三人にとどいた。「かれらがくるわよ。あなたたち、まだ消えないの？」

ウィドは応答しようとしたが、ニッキがコンタクトを切断するのが見えた。まだ発見されていない場合を考え、スペース＝ジェットに関する手がかりをカルタン人にあたえたくなかったのだ。

大地が目の前に迫ってくる。《ビッギ》はわずか十メートルの高さをかすめ飛び、どんな探知装置でも狂わせてしまう微粒子の雲を渦巻かせた。ウィドは肉眼をたよりに飛ばなければならなかった。半時間後、クレーターがかれらの前にあらわれた。角張ったぎざぎざの壁をこえ、すこし上向きに軽い衝撃があったのち、スペース＝ジェットはエンジン出力を落として下に沈み、クレーターの底へと急降下していく。

ウィドはコード・シグナルを発信した。シグナルの焦点をぎりぎりまで絞り、三十メートルの高さから最小限の出力で送信。地下格納庫のハッチがゆっくりと反応した。せまい隙間ができ、そこをめがけてスペース＝ジェットは驀進《ばくしん》する。ウィドの目は呪縛されたかのようにデジタル表示に釘づけになった。スペース＝ジェットの大きさは頭に入っている。まぶたがぴくぴくする。

スペース＝ジェットがハッチに触れ、かろうじて聞こえるくらいのかすかな音がした。

小型機はセンチメートル単位の精度で開口部におさまり、開口部は次の瞬間にはまた閉じはじめた。《ビッギ》の投光照明が光をはなち、格納庫の不気味な暗闇を照らした。そこにはジェットが三機あったが、まったく動く気配はない。ウィドはそれらの隣りに着陸した。三機に照明を当て、それから通常通信を作動させた。

「トム？」と、たずねた。「きみたちはいったいどこにいるんだ？」

ぱちっという音がして、基地責任者の声が聞こえてきた。

「保安室にいる、ウィド。きみたちが近くにいるとは知らなかった。外に出たら保安エアロックのそばで死んでいる一カルタン人に出くわすぞ。どうやってゴレボンにきたのかはわからないが、いずれにせよ、かれはジェットを使用不能にした。われわれ、かれを人質にしたかったのだけれど、みずから命を絶ってしまったんだ」

ウィドは急いで状況報告をする。スティーリーは即座に計画を変え、

「われわれ、格納庫に行く」と、告げる。「《ビッギ》がせまくなってしまうが、なんとかなるだろう！」

衝撃が基地を揺さぶる。ウィドはスティーリーの悲鳴を聞いた。

「走るんだ！」ウィドは叫ぶ。「われわれ、ポジションを保持する！」

使える全エネルギーをジェットのバリアに送りこむ。第二の衝撃がはしった。ニッキ

から通知されるまでもなく、いまこそ決断のときだ。基地要員が格納庫までくるのに二分ないし三分かかるだろう。それまで、この地下施設を維持しなければならない。

カルタン人がついに基地の場所を突きとめ、攻撃してきたということ。あるいはかれらは、基地の連絡員を通して、最初から正確な場所を知っていたのかもしれない。《ワイゲオ》が着陸して、破壊できる近さにまでくるのを待っていただけなのか。

サイレンが鳴り響く。それはステーションからきていた。ウィドは大声でスティーリーに呼びかけたが、応答がない。何度か呼びかけたが応答はない。

「行くぞ！」と、ウィドはいい、防護服のヘルメットを閉じた。同行者のひとりであるマニガンを指さし、「きみはここにのこれ！」

三人で下部エアロックから出ると、個体バリアで身を守り、反動装置を使って格納庫を抜け、保安エリアのエアロックへと急ぐ。カルタン人を見つけた。ひと目見ただけで、もう助けようがないとわかる。ウィドはエアロックを開けて基地内に入る。仲間がつづく。

ＰＩＧの基地はどれもすべてほぼ同じ原理で構築されていて、外部エリアと保安エリアがある。保安エリアは要員にさらなる保護を提供するのだが、ゴレボンの小基地ではこの処置が機能しなかったようだ。カルタン人たちが基地を重火器で攻撃していて、まずいことに、偽装システムのスイッチがすべてオフになっている。バリアを作動させるエネルギーも不足していた。要員たちは内部に生命維持システムがととのった保安エリアに行き、安全を確保していたが、いまはそこを出て、格納庫に向かっている。

ウィドが見たカートは燃料をすべて使いはたしていた。

かれらが走っている通廊の天井にできはじめた亀裂を、非常灯が照らす。亀裂は大きくなり、すぐにどろどろになった金属が滴《したた》りおちてきて、またたく間に壁や床にへばりつき、プラスティック素材をむしばみ、崩壊させた。

三人は制御センターにたどり着く。どうやら、二回あった砲撃のうちの一発が命中したにちがいない。あるべき場所に端末がなかった。断熱材の焦《こ》げたにおいがし、うしろの壁で炎の舌がちろちろ燃えている。ここから基地の機能を制御することは、もはやできない。

「先へ行くぞ!」と、ウィド。もう応答できなくなった要員を探さなければならない。

基地がなおも攻撃を受ける。ニッキから通信があったが、その音声はきわめてひずんでいて、ひと言も理解することができなかった。ウィドは悪態をついて汗をかき、またののしった。二階層下まで行き、陥没したところにきてようやく、悪態をやめた。天井が崩落し、主通廊が陥没している。

ここを抜けないと保安エリアに行けないというのに。ウィドはベルトにとりつけられている計器にさっと目をやる。空気はあるし、金属混合物はない。ヘルメットを開け、陥没個所に近づく。

「助けだすからな！　うしろにさがるんだ！」できるだけ大きな声で叫んだ。なんとも判別のつかない音が答えとして返ってきた。通信はまだできなくて、ウィドは急いでヘルメットを閉じ、ブラスターを握った。

ビームを当てたところが崩壊しはじめた。三人ひと塊りになって作業する。防護服のバリアのおかげで、生じる熱から守られている。陥没個所の下に負傷者がいるかもしれないので、注意深くやらなければならなかった。けわしい顔で十分間、作業する。かれらの周囲で基地がばらばらと崩れおちる。何度も通廊の一部を溶接しなければならなかった。そうしないと、落下する金属に押しつぶされてしまう。

ようやく突破口が開けた。石と金属がプラスティック被覆と融合して、ガラス質のかたい塊りになっている。人影があらわれた。トム・スティーリーだ。ほかの男たちがかれにつづき、しんがりは唯一の女要員だった。

ウィドは眉をひそめた。男たち数人が防護服を着ていないではないか。スティーリーがウィドの視線に気づいて、弁解する。

「なにもかもがあっという間で、保安エリアに逃げこむのが精いっぱいだった！」

ウィドは無言のまま向きを変え、走りだす。解放された者たちがぴったりつづき、スティーリーがしんがりをつとめる。装備室に行き、ウィドの指示で全員が防護服を着用。

それからようやく、格納庫へもどるウィド・ヘルフリッチの戦いがはじまった。やってきた最短ルートをもどることはできない。壁をいくつか壊し、何度も基地の下層階にまで行かなければならなかった。床をぶちぬいて格納庫に入ると、ウィドは要員たちをスペース＝ジェットへと急《せ》きたてる。死んだカルタン人が横たわっている暗いすみを最後にもう一度見てから操縦室へ行き、緊急スタートをすべくあらゆる準備をととのえた。

数秒後、《ビッギ》は地下格納庫を飛びだしていた。スタートと同時に大爆発が起こり、基地を切り裂く。その残骸はクレーターのはるか遠くの地表にまで飛び散った。カルタン人の母船二隻が大きな皿のように空に浮かんでいる。ウィドは地表すれすれを飛び、こっそり立ち去る。カルタンの惑星フェリー数隻が追跡を開始したが、ウィドは大胆な操縦でそれを振り切り、加速しながら大気圏高層へと上昇し、宇宙空間へ逃げおおせた。

ウィドはカルタン人に通信メッセージをのこし、かれらの仲間一名が自殺により死亡したと伝えた。操縦シートをぐるりと回転させ、トム・スティーリーという名のアンティを見つめる。

「すてきな名前だ、トム・スティーリー」と、かれはだしぬけにいう。「名前の背景は知っている。だが、きみは、われわれの組織の精神にのっとって正しく行動したとほんとうに思っているか？」

テラ流の名前を持つアンティは人類のやり方で肩をすくめ、

「ばかげた偶然だったんだ」と、報告する。「われわれ、カルタン人の秘密の手がかりをつかんだが、ぬかりがあった。かれらはゴレボンの近くまでわれわれのシュプールを追えたのだから！」

「すべて話してくれ、トム！」

「紛争セクターに、カルタン人にとって重要なメタン惑星がひとつある」ゴレボン基地の責任者は語る。「だからこそ、かれらはマーカルと駆け引きをして、大きさが倍もある、水素・メタン惑星をいくつも譲りわたしたのだ」

「ヴァアルサのような惑星か」と、ウィドはうつろな声でいう。「工廠惑星！」

「たぶんそうだ。カルタン人はこのメタン巨星をリアン、その母星をヘ・クゥイと呼んでいる。この星系には注目すべき価値がある！」

《ビッギ》はなんの妨害もなく《ワイゲオ》に到着し、すぐに収容された。ゴレボンの要員たちは安全なところに連れていかれた。ＰＩＧの宇宙船とカルタン船による直接的な衝突はなかった。犠牲者となった、自殺したネコ生物の死がいたまれる。

ニッキ・フリッケルは辛抱強く、すべてを二度聞いた。顔には心労のせいでしわが増えたし、いつもよりずっとしずかだった。

「なにかが起こる」と、予言めいたいい方をする。「カルタン人の攻撃はこれまでの立場と矛盾しているわ。神経質になっているようね。われわれ、用心しておかないと」

「それだけ？」ウィド・ヘルフリッチは信じていない。

「いいえ！」ニッキが大声で笑い飛ばす。「前に〝フルマンの偉大な密猟狩人〟に関してわたしが話したことを思いだせば、そのときと似ているはずよ。われわれ、前を見るけど周囲も見わたす。状況がもとめるならすぐに。でも、とりあえずは最新ニュースを携えた伝令船をろ座に送るとしましょう。ここでなにが起こっているか、アダムスに知っておいてもらわないと！」

3

四週間後
NGZ四四六年二月六日

「わたしが五つの異なる意見を持つことは気にしないでもらいたい」ろ座の愚者はハイパーインパルス経由でナークトルにそう知らせてきた。「故郷II、III、IV、Vは、少々混乱している。はるか過去にパラ露の過度な爆燃があり、それ以来、われわれはひとつのからだと五つの意識になったのだ」

「あなたが何年も前にアンソン・アーガイリスに、そしてその後、銀河系の科学者たちにあたえた情報を、わたしは知っている」と、スプリンガー。がっしりした体形のために宇宙服は破れんばかりだ。これに身をつつみ、赤色巨星キュクロプス第四惑星の最大の衛星にきている。ヘルメット・ヴァイザーの奥に赤い顎髭《あごひげ》が垂れていて、口を動かすたびに震えた。ソト＝ティグ・イアンに対する怒りがたぎっているのだ。スティギアンがアンソン・アーガイリス指揮下のハンザ・キャラバンを潰滅させてから十六年。銀河系諸種族間の恒久的葛藤により、数千人が最初の犠牲となった。

ナークトルが知るとおり、無意味な葛藤だ。倒錯したイデオロギーと個人を奴隷化する構造を持つ。法典ガスは必然的にだれをも法典忠誠隊にした。抗法典分子血清でみずからを狂気から解放したか、あるいは解放された人々は、戦士輜重《しちょう》隊の追っ手を逃れ、つねに地下にひそんでいる。

ウィンダジ・クティシャ……ソトのハンター旅団の首領はそう名乗っている……は、スティギアンのもっとも近しい側近の一名だ。しばしば悪名をはせていた。

ナークトルは両手を握りしめた。

「しかし、きみはそれが理由できたわけではない」故郷Iはつづける。「気にかかっていることがべつにあるな！」

ナークトルのセランの通信端末がハイパーインパルスを受信し、理解可能な音声に変換する。愚者やほかの棒ノクターンとコミュニケーションするにはこの方法しかない。

愚者はおよそ四百万歳で、七つある惑星のうちの第四惑星の五衛星に分散して存在する。恒星キュクロプスは銀河中枢部、ろ座の賢者と惑星〝ろ座商館〟のあいだにあって、どちらからもほぼ等距離、つまり四千光年はなれている。キュクロプスに近い危機的なパラ露領域で大規模な爆燃があり、そのときから愚者は錯乱して人格が分裂したのだ。

それが起こったのは五万年前のことではないかと、かつてアーガイリスは推測していた。

「われわれ、きみの意見になど興味がない！」と、故郷Ⅱ。

「きたところにもどるがいい！」故郷Ⅲだ。

故郷Ⅳはなにもいわない。

「急がなければ、キュクロプス星系から生きては出られないぞ！」故郷Ⅴがいいそえる。

ナークトルは、時間的にまごまごしていられないのを知っていた。矮小《わいしょう》銀河とも呼ばれるろ座にあまりに長くいてしまった。

「わたしならびにほかのギャラクティカーは、ろ座の賢者とコンタクトしようとしてきた」と、スプリンガー。「が、うまくいかなかった。賢者はもはやだれも訪ねてこないようにと、死んだふりをしている。考えられる理由はひとつだけ」

「さっさと消えるんだ！」故郷Ⅲがくりかえす。

「おちつけ！」故郷Ⅰが割りこんできた。ナークトルはその表面に立っている。「わたしは、賢者が〝目の光〟星系でソト＝ティグ・イアンの訪問を受けたことを知っている。それ以来、賢者は、自分の惑星に接近するすべてのものに群れノクターンをけしかけてきた。なぜなのかはきかないでもらいたい」

「スティギアンは賢者となにを話したんだ？」ナークトルの口をついて出た。かれとPIGは、それ以外はすでになんでも知っている。しかし、問題は会話の中身だ。

「棒ノクターンが第一存在段階の群れノクターンとおこなうコミュニケーションのやり方を知っているだろう」と、故郷I。「これまでのところ、わたしは、それに関して問題を解決できるような情報を持ちあわせていない。きみは、賢者に直接問わねばならない！」

この助言、ナークトルにはかなり突拍子もないように思われた。賢者はもはやどんな問いにも応じてくれないことを、ろ座の愚者ですらよく知っているというのに。

「残念だ」と、かれはいう。「わたしの問題解決にあなたが助力してくれることを望んでいたのだが」

「かれは問題をかかえている。みんな、聞け！」と、故郷V。「不満はこらえたほうがいいぞ！」

ほかの三名も同じ口調でしゃべりだす。故郷Iだけが事務的に話した。

「残念だ、ギャラクティカーのナークトル」最大の衛星がいう。あるいはむしろ、衛星地表に鍾乳石の塔のように形成された棒ノクターンの総体といったほうがいいか。ろ座の愚者は、ごくそばを通り過ぎる群れノクターンに狂気を感染させる。ハイパーシグナルでおびきよせ、わがものにするのだ。こうして、かれらが住む五つの衛星にますます多くの塔が生じた。こういった状況下では、キュクロプス星系でのパラ露捕獲はできない。なぜなら、宇宙船をもふくめてハイパーインパルスを生成するものすべてに、群れノクターンが襲いかかるからだ。抑制されるのは通過シンボルの助けがあるときだけ。それがうまくいかなかった場合、該当船はまだできるうちに逃げるしかない。

「もうひとつ、たのみがある」と、スプリンガー。「原因を見つけるのを手伝ってほしい。賢者がギャラクティカーに敵対しているのは、スティギアンがかれに嘘をついたからだと思うのだが」

「できるだけ協力しよう」故郷Iがいう。「成功の見こみは低いが。わたしには、きみたちがろ座の賢者と呼んでいる棒ノクターンに直接コンタクトする方法がないから。さ、行きなさい。恒星キュクロプスの近くにいるのは危険だ！」

ナークトルは挨拶もせずに背を向け、乗ってきた搭載艇にもどる。かれの背後でエアロックが閉じ、大気のない空に突きでていた棒が見えなくなった。黒っぽい結晶体の風変わりな塔は一様に直径が百メートル、高さが二キロメートルある。

スプリンガーはヘルメットを開け、自分専用のシートにどすんと腰をおろす。操縦士を一瞥《いちべつ》したが、反応しないので、大きな声で、

「スタートするつもりはあるのか、おい、寝ぼすけ？　それとも、ここでなにが起こっているのか、まだ気づいていないのか？」

ハンザ商館ろ座のテラナーはナークトルと愚者とのあいだのハイパーカム通信を聞いていて、それまで周囲になんの注意もはらっていなかった。衛星周辺、衛星間、衛星と

惑星のあいだにも見るべきものはない。粉塵《ふんじん》のヴェールがいくつか垂れている。惑星間にひろがる宇宙空間のほうが興味深い。そこには巨大な群れノクターンが展開し、一般にパラ露として知られる廃棄物のシュプールをのこしていた。しかし、キュクロプス星系ではパラ露は危険だ。とっさに反応するから。群れノクターンも同じで、星系周辺に搭載艇が接近してきたと知ると、即座に追跡してきた。おまけに、いくつもの群れがハイパー空間内で短距離ジャンプをして、艇をとりかこむ。

ナークトルは、艇を直線航行させられない操縦士の緊張感を認識した。正面スクリーンに泡のように輝く巨大な群れが出現したとき、操縦士はついに自制できなくなった。シートから跳びあがり、セランを収納してある収納壁に駆けよる。幅のひろいクローゼット扉が開くと、かれはセランを一着引ったくり、

「警報！」と、叫ぶ。「いまいましい艇め、さっさと警報を出せ！」

「そうする前に、きみ自身がやらなければならないことがあるだろう」ナークトルはおちついた口調でいう。スプリンガーは立ちあがると、操縦席まで行く。せまい肘かけのあいだにからだを押しこみ、前かがみになると、ほとんど身動きがとれない。

艇は加速した。群れと群れのあいだを縫って飛び、すべてに対して同じ距離がたもたれるようにする。群れノクターンは艇の航行速度に合わせ、自分たちが使えるエネルギーをすべてとりこもうと急ぐ。

そのあいだに操縦士はセランを着用し、制御コクピットからじかに真空空間に通じるエアロックへと走った。ナークトルはエアロックを封鎖し、操縦士がせかせかした手の動きで開閉メカニズムをいじるのを見ていた。操縦士はようやくなにが起こったのかに気がついて、叫び声をあげながら走りまわった。

ナークトルは反応せず、第二記憶装置からテラナー操縦士のデータを呼びだす。かれの名はアブドゥク・アーミル・ガヌル。生活記録のなかにとくに目につく個所があった。記述によれば、ガヌルはかつてのスウィンガーだ。ひどい卒倒を起こして、二年間タフンで治療を受けたとある。その後、治癒したとされ、退院したらしい。

ナークトルには、ガヌルが完治したようには見えなかった。最近のつらい仕事、かんたんには帰ることができないほど故郷から遠くはなれていること、そんなこんなが重なって、過度に神経質になってしまったのかもしれない。

ガヌルはセランの飛翔装置のスイッチを入れ、コクピットを突っ切って、ナークトルと接触する。スプリンガーは群れノクターンの貪欲さから逃れるために、リニア飛行の緊急航程をプログラミングしているところだった。ガヌルはヘルメットを閉じた状態で制御コンピュータにぶつかり、半導体と生合成連結のあいだにはさまれる。フィールドがセランによってひどく乱されたため、制御装置のシントロン部分が麻痺した。と同時に、着用者が被害をうけないように、セランが個体バリアのスイッチを入れた。

強い放電が発生して、ナークトルはシートからうしろへ投げだされる。尻の下で操縦シートの脚が壊れ、スプリンガーはまだ扉が閉じていなかった収納壁めがけて飛ばされた。セランとセランのあいだにほうり投げられたので、衝撃がやわらげられる。かれは状況を把握しようとした。着用されていないセランでぐちゃぐちゃになったクローゼット内で、艇の制御装置とコミュニケーションするしかなかった。負荷がかかった制御装置は、崩壊し内破しかねない。照明は切れたし、非常灯も機能しない。ナークトルはヘルメットを閉じ、〝外へ〟出た。宇宙服のバッテリーはまだ機能していたので、ヘルメット照明のスイッチを入れる。ガヌルは依然、コンピュータにはさまったままだ。飛翔装置のスイッチはセランが自動的に切っていた。ナークトルは男を引っ張りだして床におろした。

「かれの診断結果は？」と、ナークトル。

「不整脈と意識不明です」ガヌルのセランは答えた。「すぐにも医療ステーションに連れていくことをすすめます！」

「そうしている時間がない」と、スプリンガー。まったく反応しないスクリーンをじっと見つめる。画面は同時にコクピットの透明部分になっているのだが、キュクロプスの赤い光のなかにいる群れノクターンが近づいてくるのをやめたのがわかった。ふたたびばらばらになって漂うのではないだろうか。かれは壊れずにそのままだった自席にもどってすわり、十五分待った。予測していたことが確認される。群れは、いまやエネルギーがほとんど絶えてしまった船からはなれ、進路を変えた。ここにはもうとりこむものはなにもないと認識したのだ。制御システムのエネルギーがついえて、エンジンもとまっている。

「患者が目ざめました」と、セランから報告があり、ナークトルは操縦士の世話をした。ガヌルを助けて、テラナーには大きすぎるシートにそっとすわらせる。

「もうだいじょうぶだ」と、ナークトルはつぶやき、外をさししめし、「きみがわれわれを助けてくれた」

男は信じられないという目つきでナークトルを見る。

「ここ……ここは……どこ？」と、口ごもる。「ハンザ商館ろ座？」

「いいや、エデンの園さ。そして、きみはかわいらしい小天使だ」と、ナークトルはちいさな声でいい、それから大声を出す。「さて、きみがすぐにもこのクルミの殻を航行可能にしはじめなければ、宇宙服なしでエデンの園からほうりだしてやる！」

このときになってようやく、ガヌルは群れノクターンが遠ざかっていくのを認識したようだ。制御装置に身をかがめ、完全に故障していることを認識せざるをえなかった。唯一、非常用の小型通信機だけがまだ機能している。セランのエネルギー備蓄を接続すれば、作動する可能性があった。

ナークトルはガヌルにその作業をやらせた。指一本動かさず、テラナーを注意深く監視する。作業は満足のいくもので、通信機がようやく作動しはじめた。また群れノクターンが追いかけてくるという危険性が大幅に高まったわけだが、そのとき、かれはいう。

「地上勤務配属を自発的に希望するなら、こんどのことに関しては口を閉ざしておく。きみのように過度に神経質だと、宇宙船内に居場所はない！」

アブドゥク・ガヌルはそわそわしたようすでうなずき、床に目を落とした。明らかに、こういったやり方で難を逃れられることをよろこんでいる。

助けを待つ時間は永遠のように長く感じた。実際には、たった四時間だったのだが。そのあとまたもや、ガヌルは完全に神経をやられた。ひっきりなしに唇をかみ、声を出さずに自分と会話している。ナークトルはテラナーの前にぬっと立ち、腰に手を当て、「意気地なし！」と、とどろくような声で、「きみたち人間は勇気と誇りをどこに置いてきたんだ？」

答えは得られなかった。ガヌルの右腕がゆっくり上へ伸び、宇宙の闇をさししめす。

「おそらくあそこだ」そういって、咳ばらいをする。ナークトルは振り向いて凝視する。

「全スプリンガー氏族連合のシンボルである、まわりに星雲のある開いた手にかけて」と、思わず口をついて出た。「よりにもよって、こんなことが！」

小型搭載艇に救助の手が近づいてくる。それはカルタン人の惑星フェリーのかたちをしていた。

*

雪のように白いコンビネーションに、ナークトルは目がくらんだ。まばたきをして、エアロックの下で待ちかまえていた、光をはなつ銃口ふたつをじっと見つめる。かれはまだ宇宙服こそ着ているが、武装はしていない。ナークトルが立ちどまったので、ガヌルがぶつかった。

「わが艇にようこそ！」ナークトルは冗談めかしていうと、ネコ生物の顔を見る。「絶望的な状況からの親切な救助に感謝する。捕虜が歩くレッドカーペットはどこに？」

「ディノルとサジョン！」

鋭い叫び声にスプリンガーは耳が痛くなり、苦しげに顔をゆがめる。

白い制服を着たカルタン人に呼ばれた二名は、武器をおろし、スイッチを切ってベルトにおさめた。

「わたしはティア・サン＝ヴィルン」カルタン人は名乗った。その名前で、女であることが明らかになる。ヴィルンという名字は、ティアが、母権制社会であるカルタン人帝国を支配するグレート・ファミリーのひとつに属していることをしめすからだ。

ナークトルも名乗り、テラナーを紹介してから、たと思うが！」

「救助への感謝は心からのもの」と、いう。「難破船が宇宙ハンザ所属であると認識したと思うが！」

「そのように認識した！」ティア・サンは細長く黄色い瞳でかれを見る。「だからといって、意味はない。ろ座宙域には多くのならず者がうろついているから」

「それがなにかのほのめかしなら……」ナークトルが話しはじめたのをカルタン人はさえぎり、

「惑星フェリーの司令室までついてくるように。見せたい映像記録がいくつかある。わたしがなんのことをいっているのか、たぶんわかっていると思うが！」

ティア・サンのネコ顔の表情が変わった。頬がせまくなり、二列の白い歯がむきだしになる。毛でおおわれた指から、ほんのすこしのあいだ、かみそりの刃のように鋭い鉤爪が見えた。危険な武器だ。額からうなじにまで達する銀色で細い毛筋には、メタリックな青い光沢がある。カルタン人はすっと向きを変えると、しなやかで音をたてない足どりで先を急いだ。

ナークトルとガヌルも歩きだす。絹のような髭の男カルタン人二名がうしろにつく。かれらは搭載艇が引きこまれた格納庫を出、搬送ベルトに乗って楕円形の部屋まで行った。室内装備から、そこが司令室であるとわかる。カルタン人が自分とガヌルを連れてくるのに特段の安全対策をほどこさなかったことから、ナークトルは、自分たちには危険性がないと判断したようだと理解した。宇宙ハンザとは良好な関係を維持しようと心がけているのだろう。以前、パラ露捕獲をめぐって抗争していたときの攻撃的態度は、みじんも感じられない。

司令室内にいるカルタン人のほとんどは、あらたな入室者に注意をはらわなかった。ティア・サン＝ヴィルンは、ふたりの難船者を、一連のスクリーンがならんでいるギャラリーに案内する。彼女が腕をあげると、スクリーンの映像が切り替わった。切り替わる前はキュクロプスや近隣の星々をうつしだしていたが、スプリンガーがいま見ているものは、背景にろ座中枢部を配し、前景にはさまざまなタイプの船がいくつもあった。

「ひと悶着あったのは、テラ暦でいえば三日前のこと」カルタン人が口火を切る。「わが種族の惑星フェリー三十隻は、あるパラ露領域での捕獲のさい、スクリーン左側のセクターにいた。母船二隻とほかのフェリー十隻は、パラ露領域の後端、十光分ほどの距離にいた。記録の時点で、出現した異人の攻撃的な意図が容易に認識できたので、惑星フェリーはすでに警報を発していた。相手は通信連絡に応答してこなかった。かれらはプシコゴンの捕獲を開始し、武器を投入してわが種族の捕獲船を追いはらったのだ！」

一連のスクリーン上で、宇宙空間で攻撃ビームがどのように疾駆したかが認識できる。命中したところでは防御バリアがぱっと輝き、潰滅的なエネルギーをわきにそらした。惑星フェリーは捕獲作業を中断し、船と乗員の保護に専念している。

「異人は身元を明らかにしなかった。かれらは攻撃をつづけており、母船二隻が急行していることも意に介さないようだ。ま、不思議ではないが」ティア・サン＝ヴィルンは先をつづける。「結局のところ、かれらの兵器はカルタン船の兵器をはるかに凌駕《りょうが》しているのだから。だがそれは、わが種族にとり、戦わずして活動領域を去る理由にはならない。攻撃に対してはかならずしも撤退が答えとはかぎらない。ましてパラ露に関わることであれば、まったくそうではない。そうこうするうち、攻撃してくる船が特定できた。かれらははるかなる星雲、サヤアロンからきていた。乗員がいかなる種族に属しているかは不明だ。二名の庇護者、ヴェア・ドン＝ヘイとマニー・タム＝トゥオスは、攻撃者を阻止し撃退するために少量のプシコゴンを使用することにした。敵船一隻は爆発してひどく破壊されたので、乗員はひとりのこらず生きてはいまい。もう一隻はエンジンがひどくやられ、立ち往生した。ほかは逃げた。ろ座のどこに逃げ帰ったのかまでは追跡できていない！」

映像はカルタン人の説明と寸分たがわなかった。ティア・サンはいっそう弁舌をふるう。胸が膨らんではしぼみ、両手の爪がギャラリーの手すりに食いこんでいる。

映像は、立ち往生した船に惑星フェリーの一隻がどのように接近したかをうつしだした。防御バリアをオフにしたか、あるいは外側から消滅させたのだろう。

「パラライザーだけを携帯したコマンドを敵船に送りこみ、乗員を捕らえさせた。その結果、相手がパラ露を捕獲して銀河系の闇市場に持ちこむためにひそかにろ座にやってきた、よせ集めの山師集団だということが判明した。もちろん、それで終わりだ。惑星フェリーが全員を捕らえて母船に連行した。母船はろ座商館に向かっている。レイラ・テラは、捕らえられた者を引きとり、刑罰をあたえると約束した。彼女は宇宙ハンザとギャラクティカムの名において謝罪している！」

最後のシーンはもはやうつしだされない。一連のスクリーンに表示されているのは、輝くキュクロプスだ。カルタン人はゆっくりと振り返る。

「なるほど」と、ナークトル。「宇宙ハンザの船でも、ソトの法典忠誠隊でもない。協定を遵守《じゅんしゅ》しない宙賊だったのだな！」

「そして、スティギアンと法典に対する英雄的な戦いを利用し、べつの銀河で似たような犯罪をおかす連中だった……ソトが銀河系でやったみたいに」と、ティア・サン＝ヴィルンがつけくわえる。「あなたはそういいたかったのか？」

「たぶん」ナークトルはうなる。「わたしはスプリンガーだが、ひょっとすると狼藉者《ろうぜき》のなかにわたしの同族がいたかもしれない。わたしは断じてかれらの肩を持たない」

「それが正しい！」カルタン人が鋭くいう。「では、どうしようと考えているのだ、スプリンガー？」

「われわれをろ座商館に連れていってほしい。レイラ・テラは、われわれとぶじ再会できることをうれしく思うだろう！」

ティア・サン＝ヴィルンがそばの二席をさししめした。ナークトルはガヌルを引きよせる。ふたりは席につき、惑星フェリーが母船にもどっていくのを見守った。惑星フェリーはするりともぐりこんだ。高速飛行ののち、ファーリン星系のはしに巨大な恒星が見えてきた。その十四ある惑星のうち、第四惑星がろ座商館だ。カルタン人が許可を取得したのち、惑星フェリーは母船から放出された。着陸場所は巨大宇宙港のはしで、ファーリンの黄色の光がきらきら輝いているセントエルモ海を見たとき、ナークトルはアブドゥク・ガヌルの肩に手を置いて、ささやいた。

「持ちこたえたな。地上勤務への異動を忘れないように！」

テラナーは急いでうなずき、スプリンガーのあとについて宇宙港の地面におりる。ナークトルはもう一度振り返って、

「ここに連れてきてくれて感謝する」と、ティア・サン＝ヴィルンにいう。「かならずしもしなければならないことではなかったはずなのに。それはそうと、あなたがたカルタン人は、ろ座でずいぶん広範囲に活動しているようだが、ひょっとしたら、マーカルも最近この宙域をうろついていることを、なにかで知ったのだろうか？」

「いや！」カルタン人は驚いて、「なぜ、そのようなことを訊く？」

「たんなる推測にすぎないが、あなたがたがどこでパラ露を捕獲しているか、マーカル

がいまだに知らないとは思えない」

「忠告に感謝する！」ティア・サンは大きな声で、「あなたの推測を心にとめておく！」

彼女は惑星フェリーに姿を消す。その直後、円盤船は宇宙港を出て、ろ座商館上空へと上昇していった。

4

NGZ四四六年三月一日

三角座銀河はSBcタイプの渦状銀河である。天文学者の分類によれば、銀河核は非常にちいさく、渦状肢が大きく開いて、湾曲した長い腕のように宇宙に突きでていることを意味する。渦の直径は七万光年で、銀河系までの距離は二百四十万光年。M-33の恒星は百五十億個で銀河系の十分の一以下である。

ちいさな核部分に相応して、カルタン人とマークルの支配宙域はせまく限定されており、しばしばくりかえされる領域宣言とそれに関連する紛争は、理解できるところがある。カルタン人にはウエストサイドにおける自分たちの統治権を維持する権利があり、マークルは自分たちに適合した水素メタン惑星を探すために、どうしてもノースサイドの外領域にまで探索を拡大しなければならなかった。マークルがカルタン人の帝国に集中したのは、そこにはかれらにとって利用可能な惑星が、カルタン人が〝アルドゥスタアル〟と呼ぶ銀河の他領域よりも多くあったからにすぎない。マークスの冷酷でドライな論理を基準にしているマーカルにしてみれば、ネコ生物のもとでためしてみる以外の選択肢はなかった。その政策は、すくなくとも表面的には実を結んだ。そのことは、この十五年間のカルタン人の行動が裏づけているように見える。

しかし、見た目と現実には往々にして乖離《かいり》がある。

すくなくとも、ドム・ボランはそう感じる。フェロン人のかれは同僚のウニト人といっしょに、グランバーの丈の高い草のなかにある監視所で歩哨に立っていた。グランバーというのは、惑星トゥルモールの都市〝放射砦〟……ニッキ・フリッケルがこの前トゥルモールを訪れたとき、そう名づけた……の北方にある平原だ。ボランはずんぐりしたからだを地面に押しつけ、右手で、本来だったら武器があるはずのところをまた探る。しかし、太腿《ふともも》のあたりにはなにもない。あるのはベルトの金属製バックルだけで、そのなかには唯一の防御装置である反プシ・プロジェクターが組みこまれている。それがあるおかげで、エスパー能力者から脳波を知覚されずにすんでいる。

白い鼻のウニト人、プルトロスがボランを肘関節で軽く押す。ウニト人は幅のある関節とずっしりとした骨の持ち主なので、胸郭をつかまれたフェロン人は悲鳴をあげかけたが、なんとか押さえつけた。

「ばか者！」と、吐きだすようにいう、「あばら骨が数本……！」

「悪かった」プルトロスはつぶやく。「ウニト人はがさつな遍歴種族なもので。だが、忘れてもらっては困る。われわれはギャラクティカムの一員だ。悪くとらないでくれ。わたしとくらべたらきみはハエだってことを、ついうっかり忘れてしまうんだ！」

まじめに聞こえるし、実際、まじめにいっている。ウニト人はいつだって言葉どおりのことを考えているし、しかもプルトロスはきわめて正直なウニト人のひとりなのだ。かれは頭を地面に押しつけ、耳をそばだてている。ドム・ボランはこの機をとらえ、同僚の後頭部に手刀を打ちおろした。

しかし、さっきもいったように、ウニト人の骨はずっしりしていて、かたい。フェロン人の歯のあいだから、笛を吹いたように空気が漏れる。さらに悪いことに、手首をくじいてしまった。淡青色の顔が心持ち白くなり、危険エリアから逃れるようにほんのすこしからだをわきによける。ウニト人の仕返しを覚悟して。

だが、プルトロスには一撃をくわえられたようすがみじんもない。腕を前に伸ばし、背の高い黄色い草をすこし押しさげて、鼻から警告するような音を出す。

「門のひとつが開いた」ウニト人がいう。「わたしの故郷星系ウナタにかけて、待った価値があったかどうか、すぐにわかる！」

グランバーに監視歩哨がおかれるのはこれがはじめてではなかった。しかし、めったに侵入者はこない。ここに忍びこむのは危険な行為だからだ。手つかずの自然と平和な雰囲気をもってしても、放射砦がカルタン人の都市であるという事実をかくすことはできなかった。この都市には宇宙船用の機械や部品を製造するロボット設備があり、それらの製品は《マスラ》タイプの宇宙船を建造する造船工廠に搬入される。トゥルモールから出荷されて、どこと特定できない場所に運ばれる部品もある。輸送船は飛行ルートを追跡不能にするよう注意をはらっている。

それはなによりも、三角座銀河情報局のせいであることをボランは知っていた。PIGはここでコグ船五十隻を保有しており、三角座銀河での任務遂行という使命を帯びている。一面から見れば、船の数がすくないため、目を引くことはほとんどない。カルタン人は、PIGが自分たちの支配圏である三角座銀河で活動しているのを承知していたが、くりかえし出現する観察者に対しては見て見ぬふりをしていた。

それは宇宙空間での遭遇にもあてはまる。ただし、PIGの船がカルタン人にとって重要な惑星や施設に接近した場合は、ネコ生物は自己防衛し攻撃するのだった。

それゆえ、地下秘密基地からグランバーへ遠出するさいは、毎回、決死の覚悟がいる。

「見えるぞ」ドム・ボランがそっとささやく。「ネコ生物の八名グループだ。ドームのあるちいさな丘に向かって、左へ進んでる」

PIGはすでに承知していることだが、ドーム内ではときおりきわめて重要な話し合いがおこなわれる。指導的地位にある者と内部関係者以外のカルタン人は参加が許されていない。

カルタン人八名が例外なく女であると、ＰＩＧの斥候ふたりは確信していた。

フェロン人が頭をめぐらすと、プルトロスはすでに消えていた。イタチのように草のなかを進んでいる。丈の高い茎はすこしも動かない。がさつなウニト人がこんなにまでしなやかな身のこなしで動くなんて、驚くべきことだ。ボランはプルトロスより何時間も多く練習したというのに、このテクニックをこうまで完璧にはマスターしていない。

ドームのある丘までの距離はおよそ二百メートル。風がカルタン人の声を運んでくる。ボランはしばし前進をやめ、すこしだけ頭をあげた。カルタン人は、背の高い草と藪がところどころにあるグランバーに注意をはらっていない。はずむ会話に夢中になって歩いている。斥候ふたりがまだ道のりの半分もきていないところで、かれらはもうドームに到着した。

いきなりウニト人の姿が草地から飛びだした。フェロン人と同じことを考えているのだろう。ボランがあとを追う。身をかがめて走りだし、百メートル以上を進んでから、ぱっと地面に伏せた。ふたりはカルタン人がドーム前面の入口を通りぬける隙を利用したのだ。入口は金属を鋳型に入れてつくったもので、透明ではない。数秒が過ぎ、ドーム内に最初の影があらわれた。

「やれやれ」と、ドム・ボラン。「要塞のだれからも見られていないといいのだが。女リーダーたちはしばしば見守られているから！」

「もしそうなら、草地のなかの動きにも気づいたはずだ」プルトロスが返す。「行こう。あそこからは藪がある！」

ふたりは藪まで腹ばいで進む。地面の起伏に沿って藪が伸びていて、いちばん高いところにドームがある。建物のうしろ部分に蔓植物が生い茂っているのだが、だれかが見ていたとしても、藪と蔓植物の動きから、道を探している動物だと考えるだろう。

とはいえ、草地のなかのふたつのシュプールを見たとしたら……

ボランとウニト人は蔓植物に達し、蔓の下を進んでいく。棘《とげ》の多い植物で、外形がまるで違うふたりが着ているコンビネーションは、どちらも擦り傷だらけになった。腹ばいの状態で出せるかぎりの力を使って、ドームのはしまで移動する。姿をかくしてくれる葉や枝の隙間から、腰をおろしているカルタン人が見えた。理解不能のくぐもった言葉が聞こえてくる。

プルトロスが指をぱちんと鳴らし、頭を前に押しだして、鼻を壁にくっつける。その先端を壁に押しつけると、空気を吸いこんで膨らませた。こうやって鼻を伝達媒体にすることで、ドーム内部の音を口のなかにとりこもうというのだ。

プルトロスはドーム内のカルタン人の話を盗み聞きしはじめた。

フェロン人はあたりを見まわす。五メートルほど先にいい場所があるではないか。蔓植物がドームにくっつくように生《は》えていて、そこならからだをしっかり保持したまま耳を壁にぴったりつけても見つかることはない。かれはあとずさりし、見つけた場所へ向かった。蔓植物を克服するのに二分かかった。二枚の葉でからだをかくし、左耳を壁に押しあてて集中する。くぐもったつぶやきをカルタン人の言葉として聞き分けるのに数秒を要した。トゥルモールにある小規模基地の全要員同様、かれはカルタン語に長《た》けている。なかで話されていることに、注意深く聞き耳をたてた。

　十五分ほどが経過した。一枚の葉からちいさな昆虫が二匹出てきて、耳に入りこむ。あまりにくすぐったくて気も狂わんばかりだ。ボランは目をぎゅっと閉じ、唇を引きしめた。カルタン人が立ち去るのをあやうく見逃しそうになり、だれかに足に触れられてぎくりとする。あわてて腹ばいであとずさり、小指を耳に突っこむと、二匹の厄介者を明るみにとりだし、はじき飛ばした。目が涙で潤んでいるところに、プルトロスがささやく。

「悲しいよな？　われわれ、死ぬほど泣き叫んで、遺言をのこすべきだな！」

　ボランはようやく雑念を振りはらい、実際に聞いたことを思いだした。

「どの恒星よりも美しいヴェガにかけて」と、かれはいう。「ニュースだ。どのようなチャンネルもリレーも経由してはならない。われわれみずからがすみやかにカバレイに行くか、ニッキ・フリッケルにもたらさなければ……彼女がどこにいるとしても！」

　ウニト人は同意した。だが、やろうとしていることは口でいうのはかんたんだが、実行するのはなかなか困難だ。トゥルモールはカルタン人支配圏のどまんなかにある。百パーセント機能する対探知システムをそなえたスペース＝ジェットは数機しかなく、しかも惑星大気圏内ではつねに保証されるわけではない。カルタン人はスクリーン上や探知機で未知宇宙船のシュプールを見つけた瞬間、その未知者がどこにひそんでいるのか探しはじめるだろう。

リスクは大きい。しかし、かれらが聞いた内容はあまりに危険なものなので、すぐにも報告しなければならない。

グランバーの反対側のはしまで草地を匍匐《ほふく》前進でもどってくるあいだじゅう、ドム・ボランはうめき声をあげていた。カルタン人を呪い、この惑星での自分の任務を呪う。放射砦が雲散霧消してしまえばいいと思った。ここの環境はかれに好意的ではない。なのに、しだいに暖かくなってくる。それにつれ、明るくて白い恒星が天空に昇ってきた。フェロン人の顔色と同じくらい青白く、ウニト人の顔と同じくらいたくさんグレイと青色の縞《しま》模様がある。

「ひどい惑星だ！」と、フェロン人はいらいらしていう。

「だが、いいか、無礼を承知でいわせてもらうが、鼻を長くしちゃいけない」ごろごろ音をたてながらプルトロスがいう。「〝しょげるな〟というのを、テラではそう表現しなかったか？」

「ああ。テラナーには長い鼻があるからな。とくに象には！」

プルトロスはこの冗談が理解できなかった。象がなんなのか知らないから。

＊

ボニファジオ・〝ファジー〟・スラッチはおかしな男だ。何年も前、銀河系の惑星にいると足もとがそわそわするという理由からヴィーロ宙航士になった。かれはエスタルトゥであちこち放浪し、ブリーことレジナルド・ブルの副官になる。これは友情の証《あか》しだった。なぜなら、ブリーは秘書あるいは使いっ走りの少年など必要としていないから。ブリーとの結びつきはいっぷう変わった関係だったが、いまはもう終わり、見えない絆《きずな》は切れている。ファジーはそれを泣いたらいいのか笑ったらいいのかわからない。

かれはエスタルトゥ十二銀河にうんざりしていたので、銀河系に帰れたらどんなにいいだろうかと、いつも考えたり話したりしていた。そこで、ブリーが無理な要求を提示してきた数分間に、かれは、過去十六年のあいだ故郷銀河にいたとしたらただの一度も思い浮かばなかったような反応をした。《アヴィニョン》で銀河系にもどり、ある男に永遠の戦士とラオ＝シンに関連する最新知識をもたらすことを、名誉ある使命と考えたのだ。

ある男というのは、テラナーのホーマー・G・アダムスのこと。かれはソトの追跡を巧みに回避する方法を知っており、テラにあっては申しぶんのない人物として、宇宙ハンザの司令部に居をかまえている。秘密の施設で……とりわけネーサンの地下室で……かつてイルミナ・コチストワが製造した抗法典分子血清により、かれは法典ガスの罠にはまらないようになっている。

アダムスは、エスタルトゥ銀河からの報告にはとくにこれといった関心をしめさなかった。最初はぽかんとしたファジーだが、やがて急使として三角座銀河へ行くという任務を受け入れた。アダムスは生きのこったヴィーロ宙航士十三人に高性能の小型宇宙艇をあたえ、M-33へと送ったのだった。

かれらはその途上にある。じつにのんびりとした旅だ。

ファジーの感覚としては、あまりにのんびりしすぎる。しかし、かれにはこの旅路を何人かの乗員に不快だと感じさせる充分な才能があった。

艇の名前は《ニオベ》という。直径三十メートルのスペース＝ジェットだ。最新のメタグラヴ・エンジンを搭載していて、二百四十万光年を飛行するのに十七日と数時間を要する。

「まわりを見ても、のらくら者しかいないな」ファジーはぶつくさいい、いばる。かれは任務を受けた指揮官なのだ。一時間おきに自分の立場と任務に言及するという〝悪ふざけ〟をしなければ、たぶんだれも気にしなかっただろうが。「きみたち、きょうは何月何日かわかるか？」

　いくらいってもだれもなんの反応もしめさないので、かれは大股でせまい司令コクピット内を横切り、ヴェエギュルの肩をたたいた。ごきんという音がして、ブルー族は超音波の限界領域に近い悲鳴をあげた。ファジーはあわててそばをはなれ、

「どうなんだ？」と、大きな声を出す。

「三月一日だ、古ダヌキ！」

「スラッチだ、古ダヌキではない」ボニファジオが訂正する。「三月一日は労働者の日だ。で、きみたちはなにをしている？　すわったり、立ったり、ぽかんと口を開けたりしているだけだ。それは、正しいテラ式のやり方か？」

　ヴェエギュルが立ちあがった。頭をまわしたので、正面の目がファジーを向く。うしろの目はスペース＝ジェットの制御装置にじっと向けられている。かれは破壊された《アヴィニョン》のメンターだったのだが、いまは操縦士として任務についていた。

「陰険な青い被造物にかけて！」ブルー族は叫んだ。「われわれにちょっかいを出さずにおられぬなら、外にほうりだすぞ。人使いの荒い、ブルー族を蹂躙《じゅうりん》する男め。この船はなにもかも自動制御なんだ。コンピュータという名の小型シントロン構造物は、ものすごい速さでのプログラミングという分野に関してぞんざいな仕事はしない。それなのに、われわれになにをしろというのだ？」

「食堂の床のモップがけくらいやれるだろう」ファジーは意地悪くいう。自分になにが起こっているのかわからなかった。悪魔のいいなりになっていて、そのささやきに表面的に抵抗するだけだ。掃除機ロボット一体が毎日艇内を掃除していることは、だれだって知っているのに。

「欺瞞《ぎまん》のすみれ色の被造物にかけて」ヴェエギュルがぴいぴいいう。「三月一日は遠い昔から祝日なんだ。今後もそうだろう。きみがそう考えないなら……」

ファジーがにやりと笑う。ブルー族はその笑みを正しく解釈したようだった。なぜなら、突然、黙りこんだのだ。くるりとからだをひるがえすと、反重力シャフトへと急いで飛びこむ。大声で命令を叫びながら、下降していった。

「まだ拒否する者はいるか？」ファジーが大きな声を張りあげる。

全員が立ちあがり、かれのそばを通りすぎて反重力シャフトに向かう。マンニ・ヴァン・エイケンだけがのこった。ひかえめな笑みを浮かべている。最後のヴィーロ宙航士がいなくなったとき、マンニはいった。

「食堂のことを持ちだしたのはいいアイデアだったな。あとは、テーブルでテラのロブスターが待っているといえばよかった。あるいは……」

「……シュリュルプにひたした豚足のすね肉か？　いやいや。ほんとうにつまらない偶然だ。食堂のことなんか口にしてしまうとは！　こんな愚行をするだなんて、自分自身に平手打ちを食らわしたいくらいだ!」

マンニ・ヴァン・エイケンがスイッチの切れた一モニターをさししめす。周囲の一部がうつっている。

「なら、あれを鏡がわりに使ったらいい!」

ファジーが断固とした返答をする前に、マンニも出ていき、二分もしないうちに食堂から陽気なざわめきが耳に入ってきた。

ため息をつきながら、ファジーは指揮官のシートに腰をおろす。ひとりでいるためにかれらをわざと挑発したんだと自分にいいきかせ、かれは自身と対話した。

銀河系に、テラにもどるとすぐ、かれはここぞというチャンスを逃さず、ふたたび逃げだしたのだった。ハンター旅団やフェレシュ・トヴァアル一八五をめぐる出来ごとがかれのなかにのこしたショックのせいだ。かれはウィンダジ・クティシャを呪い、あんなやつ地獄の果てに行ってしまえと望んだ。クティシャの拷問を逃れたのは十三人だけだった。のこった乗員を殺す時間が非道なエルファード人になかったからにすぎない。

クティシャはソト=ティグ・イアンの協力者だ。NGZ四三二年六月三十日、スティギアンは銀河系にエスタルトゥの奇蹟、〝ゴルディオスの結び目〟を設置する。銀河系をプシオン性ネットから遮断し、飛び地にしたのだ。だが《アヴィニョン》は、プシオン性ネットとスティギアン・ネットのあいだに〝反対側へわたる場所〟があることに、接近中に気づいた。

これはファジーと仲間たちが知りえたもっとも重要なことのひとつだ。しかし、それが銀河系住民の多くにとっては秘密でもなんでもないということも、認識しなければならない。ろ座とのあいだで定期的なピストン運行がおこなわれ、自分たちの利益のためにプシコゴンを手に入れようとする山師や抵抗運動の闘士がやってきている。かれらの全員が、任務のために闇市場でパラ露を手に入れたGOIメンバーのように誠実というわけではない。

スティギアンみずから、検査官を介してパラ露の公式交易を厳格に管理していた。かつてのストーカーと同様、パラ露は危険物質だから銀河系に大量のストックが蓄積されることは容認できない、という見解だった。なぜそうなったのかだれにもわからない。

こうした理由から、ボニファジオ・〝ファジー〟・スラッチは、銀河系の監獄をあとにできてうれしく思った。かれは新しい目的へと向かう。もっとも危険のない地へと駆りたてる、もっとも内なる本能にしたがって。

背後で物音がしたのでシートをまわして振り返ると、ブルー族が反重力シャフトから這いでてきた。なんとももどかしい動作で立ちあがっている。だが、こんな短い時間で酔っぱらうなんてありえない。ファジーは驚いてシートから跳びあがった。

ヴェエギュルがかれに向かってよろめく。片手に乳白色の液体が入った容器を持っている。容器はかれの手のなかでかたむき、とうとう中身が床にこぼれた。

「しんしつの白いひそうぷつが……わたしのひょうにんだ」ヴェエギュルが蚊の鳴くような声で、「このミルクは、わたしがいつも好きで飲んでるメチルアルコールよりもひどい！」

ファジーはブルー族の手から落ちた容器をそつなく受けとめた。酒がこぼれた跡を非難するように指さし、ブルー族の前側の目をじっと見つめた。

「ソトにさらわれるがいい」と、ひどく低い声で、「さっさと拭《ふ》きとるんだ！」

ヴェエギュルは、ファジーが結局のところ乳白色の液体がこぼれた場所を避けて通ったといってぼやいた。わめきながら反重力リフトに消え、自分のキャビンへと向かう。

ファジーは、早く目的地に着かないものかと望んだ。

5

八日後
NGZ四四六年三月九日

家ほどの高さのシダのあいだにあって、低い建物はほとんど目だたない。それらは三角座銀河情報局司令本部の地下施設に通じる入口にすぎない。基地は惑星北極のオアシスの下にあり、そこから分岐したトンネル網が、オアシスをとりかこむようにひろがる荒地領域の下に設置された格納庫に通じている。宇宙船の修理を目的とした造船工廠をそなえた格納庫がぜんぶで二十あった。本部と格納庫と外部基地のあいだには、連絡用転送システムもある。食糧施設が完備されているおかげで、要員はまったく不自由な思いをせずにすむ。すべてが地下にあり、地上にある少数の建物はカムフラージュしてかくすことができる。

さらに地表では、PIGメンバーが過酷な任務からもどったときの休養所として、直径四千キロメートルの極オアシスが役だつ。そのあと遠出をしたり、のんびりと恒星光を浴びたりするのだ。ソルタイプの恒星はアンドルジャと呼ばれ、三角座銀河の北西部、銀河中心から五千光年はなれたところにある。そこはふたつの銀河帝国が接触するゾーンだ。

アンドルジャ唯一の惑星がカバレイで、極地にのみ緑地帯がある荒野惑星だ。植物相はおもに、さまざまな種類と大きさのシダ類で構成されている。シダの高さは、地面を這うようなものから樹木の高さくらいまでいろいろある。生物学的調査および比較検討によれば、これらはかつてカルタン人によって植栽されたもので、はなはだしく増殖して惑星固有の植生とおきかわったことがわかっている。動物相は貧弱だ。ハトほどの大きさがある色彩豊かなチョウや爬虫類もいるが、やはりカバレイにはもともといなかった種である。カルタン人は遠い昔、殺風景《さっぷうけい》な惑星を花咲く惑星に変えるために、あるいは世界をかれらの思うように改造し居住できるようにするために、ここで一種の創世プログラムを実行したかのようだ。

だが、たとえそれが成功したとしても、かれらはその恩恵を長くは享受できなかっただろう。ある時点でマーカルがその計画をつぶしていたはず。実際に、水素呼吸体はそうしたのだ。それも、カルタン人のプロジェクトの効果が出る前に。

旧暦三五八〇年ごろ、カバレイは毒呼吸体戦争の舞台となった。荒地領域にはいまなお、使われなくなったり破壊されたりした両種族の軍事装備がのこっている。当時は惑星全体が戦場だったにちがいない。なぜカバレイがこれほどまでの激戦地となったのか、どちらの種族が勝利をおさめたのか、再構築することはもはや不可能だ。

それ以来、カルタン人と同じくマーカルもこの惑星を避けている。それが、三角座銀河情報局がここに司令本部を置いた主たる理由だ。もうひとつの理由は、両種族領域のあいだの〝無人地帯〟のまんなか、つまり銀河中心部という好立地にあったことがあげられる。ここからだと出動が容易だし、船の動きが記録されたのを観察したら、それは自動的に自分たち以外のものだと分類できる。PIGに関しては、M－33ではまず話題にされることはないから。

しかし、そこには危険がある。第四次毒呼吸体戦争が勃発した場合、PIGは前線のちょうどまんなかにいることになるのだ。とはいえ、そういうことになりそうな気配はない。カルタン人は過激化しそうなことを徹底的に避けていた。

そこへ、どんなに単純な格納庫技術者でさえ当惑するようなことが起こったのだ。それはあまりに明白だった。PIGの全員が、この行動にはなにか意味があると考えた。疑惑はくりかえしあったけれど、これまでに明確な手がかりはなかった。

しかし、ゆっくりとすべてがつながって統一のとれた像が形成されたのである。

ニッキ・フリッケルはそれを〝有力シュプール〟と呼んだ。彼女はいま、五百メートル四方で高さが五十メートルある司令本部の部屋にいる。北極直下にあるこのブロックにはフロアが十あり、本部、ラボ、シントロニクス、宿泊所、緊急供給システムといったような最重要施設が配置されている。

PIGの女チーフはダークグレイのコンビネーションを着ており、うなじのところで髪をまとめてピンでとめている。そのヘアスタイルですくなくとも三十歳は老《ふ》けて見えるが、彼女は外見を気にしなかった。

「それはフェルマッツの氷アステロイドにいたときのこと」ニッキの声は、部屋のいちばんすみにまでとどいた。「われわれはオーヴァハングのひとつをクリアしたばかりで、底が見えないほど深い氷のクレバスに立っていた。ナークトルはバランスをとりながらわたしのほうによってきて、手に金属ザイルを押しつけたの。重力が〇・三Gしかないので、かんたんというわけにはいかなかった。わたしはザイルをつかみ、ベルトの磁気クリップに引っかけて身を乗りだした。水平方向にさっと動いて、クレバスの向こうへ全力でジャンプした。だけど、どこかがうまくいかなかったの。わたしの飛行曲線は急角度で下方向に向かっていて、クレバスの向こう側に到達することはけっしてないと気づいた。下を見たその瞬間、青い恒星フトゥの最初の光がクレバスのなかに落ちたのは、偶然だったにちがいないわ。わたしはクレバスの底に黒い影を見つけ、警告を発しようとした。そのとき、エネルギー・ビームが輝きながらわたしに向かってはなたれ、二メートルとはなれていないところで金属ザイルが切断された。ナークトルがなにか叫んだけど、わたしにはわからなかった。なんの支えもなく、わたしは奈落へと落ちていき……」

そこでニッキ・フリッケルは話すのをやめ、主スクリーンを見た。格納庫のひとつがうつしだされて、たったいま、彼女の指揮船が着陸した。ナークトルとウィド・ヘルフリッチがもどってきたのだ。着陸態勢に入ってからの通信連絡によると、船内にトゥルモールからの来客二名がいるとのこと。

「そのあとはどうなったんですか？」部屋のまんなかにある幅十メートルの端末についている通信士のひとりがたずねる。

「ひどい目にあったわ」と、ニッキ。「あとで話してあげる」

彼女は左側の壁にあるちいさな転送機に駆けより、そのなかに姿を消した。まもなく代行ふたりとフェロン人、ウニト人を連れてもどってきた。ドム・ボランは迷惑をかけたことを何度も謝ったが。女チーフはそれをさえぎり、

「もういいわ。報告すべき最重要事項は？　放射砦でなにが起こっているの？」

プルトロスが鼻をすこし上に折り返して、話しだす。ふたりでこっそり忍びこんで見聞きしたことを報告し、耳をすませてカルタン人から聞きとったことを一言一句、復唱した。司令本部にいる男女が息をのむ。ここまで飛んでくる途中でおおかたのことを聞かされていたナークトルとウィド・ヘルフリッチは、真剣な面持ちでうなずいた。

「すこしずつイメージができあがってきたわ」短い間をおいてニッキがいう。「われわれ、カルタン人のさまざまな陽動作戦を見てきた。ネコ生物は、こちらの基地の一部の偽装を見破ったことをしめしたのよ。われわれの宇宙船を見つけてはその場で見せかけの戦闘に巻きこみ、それから逃避行動を見せてきた。さまざまな場所で明白な紛争が発生している。いまのあなたたちの報告によると、《マスラ》タイプの円盤形宇宙船が大量のパラ露捕獲を完了し、まもなく三角座銀河に到着するということね」

モニターのところに行き、作動させる。エレクトロン端末のセンサーに指をはしらせると、モニター上にグラフィックが浮かびあがり、カルタン人の勢力圏が網目のように表示された。

「ある特定セクターだけが空白になっている」と、ニッキ。「まるで活動経過がない。これがどのセクターなのか、だれにでもわかるでしょう!」

「明白だな」ナークトルが大きな声でいう。「恒星ヘ・クゥイの惑星リアンだ。これを疑う者がいるか? あまりに露骨な陽動作戦だ!」

「いかにもそうね。カルタン人はこのために、マーカルに広大な宙域を譲ったのよ。ヘ・クゥイ星系の近隣に派遣した偵察機からの報告によると、円盤形のマスラ船にくわえ、戦闘艦と輸送船もリアンに向けて飛行しているそうよ。遠距離船はまだ確認されていない」

「すべてはパラ露収獲船を待っているんだ！」ウィド・ヘルフリッチがつけくわえる。

「それだけじゃないの」と、ニッキ・フリッケル。「三十時間前に、ろ座経由でアダムスからハイパーカム・メッセージがあった。エスタルトゥからヴィーロ宙航士が十三人くるそうよ。最新式の装備がととのえられたスペース＝ジェット《ニオベ》で。かれら、われわれに、おとめ座銀河団からの重要メッセージをもたらすとのこと。イーストサイドの人目を引かないところに合流地点を決め、そこに船を一隻送ったわ。カバレイにかれらを連れてくるために。驚かされることがいくつかあるかもしれない。それまではすこし休んでちょうだい。地表でリフレッシュするように。カバレイには必要なものがなんでもあるから！」

　ニッキはまわれ右をして、司令本部の右側部分へ進んだ。そこには出口があり、東の反重力シャフトに通じていて、それを使って宿舎へ行ける。通信士が彼女のあとを追った。

「氷アステロイドでの墜落はどうなりました？」と、たずねる。「どうやって助かったんですか？　奈落にはなにがあったんですか？」

「なにがあったかわからないわ。奈落の底にあったものは自爆し、氷アステロイドを引き裂いたから。わたしがどうなったかって？　どんどん落ちていき……そこで思いだしたの。わたしが着ていた防護服はよくよく注意してみれば、いまのセランの前身モデルで、反重力飛翔装置が装備されているって。すぐにスイッチを入れてクレバスから浮かびあがったというわけ！」

ニッキ・フリッケルは、ぽかんと口を開けて立っている男にほほえみかけて、反重力シャフトに踏み入り、下へと姿を消した。

＊

フェレシュ・トヴァアル一八五での出来ごと以来、悪夢に悩まされているのは、ファジー・スラッチだけではない。残忍な尋問を生きのびた、メザー・シャープとほかのヴィーロ宙航士たちもそうだ。かれらはあのようなことを二度と経験したくないし、だれひとりとして、三角座銀河で好戦的な連中と関わり合わなければならないようなことを望まない。それゆえ、合流地点で二時間待ったのち、コグ船《ボリヴァル》があらわれ、操縦士のガブルンが連絡してきたとき、だれもが例外なく安堵のため息をついた。

「三角座銀河へようこそ」ガブルンはそれだけいい、スペース＝ジェットを牽引ビームで格納した。数秒後にコグ船は超光速飛行に入り、二分後には《ニオベ》の男女はスペース＝ジェットから出た。ファジーは、二百四十万光年を超え、ここまでぶじ飛行してきたちいさなジェットの無傷の艇体に、慈しむような視線を向けた。

ヴァアー・ゼルコルが背後から肩に手を乗せ、

「ありがとう」と、だけいう。「わたしたちを連れてきてくれて！」

「そうだな」と、ファジー。「銀河系という牢獄からははなれた。しかし、今後はどうなるのか？　スティギアンはずっとわれわれの故郷銀河に君臨するのか？　かれはいつの日か、あらゆる種族、あらゆる個人をおのれの支配下におくのだろうか？」

そんなこと考えたくもなかったが、ウィンダジ・クティシャの青白い姿が頭からはなれなかった。あのような助力者がいれば、ソトはそれをなしとげるだろう。そのときは、GOIも一巻の終わりだ。

女性乗員二名が迎えにきたので、かれらはそのあとについて船首司令室まで行く。かれらはカバレイへの着陸を体験し、五分後には船内転送機で、快適にしつらえられた会議室に連れていかれた。そこではロボットが清涼飲料と軽食を用意して待っていた。

ファジー・スラッチはそこにいる人々を見た。とくに赤い顎髭を生やしたスプリンガーに目を引かれる。その隣りにいるテラナーは目だたない印象だ。全員が自分を異国人のようにじっと見るが、ファジーは気にならない。かれはカラフルな継ぎはぎがたくさんくっついているコンビネーションを着て、羽根飾りがついたつばのひろい帽子をかぶり、なか指よりもすこし長い、赤と金色の、ミニチュア版の剣のようなものを手に持っている。ファジーはスプリンガーのほうにゆっくりと歩きだし、

「ニッキ・フリッケルだね！」と、右手をさしだす。「ファジーと呼んでほしい！」

「わかったわ」と、かれの背後で声がした。ファジーは振り返り、うしろに立っている女を見る。「ニッキ・フリッケルはわたしよ！」女がさしだした手をファジーはぎゅっと握った。

「彼女は、ナークトルと見間違えるほど男っぽくはないぞ」ウィド・ヘルフリッチがそういって笑う。

みなが席につく。ファジーは勢いよくフルーツ・ジュースを飲み、ニッキはミネラルウォーターを選んだ。

「おたがい興味のあることについて、すぐに話し合ったほうがいいわ」と、彼女はいう。

「三角座銀河の状況を考えたら、時間をこれ以上むだにするわけにはいかない」

「さっそくにも！」ファジーはサンドイッチに手を伸ばし、ぱくぱく食べる。口いっぱいに頬張って、「そもそもわれわれが銀河系に帰還した理由は、レジナルド・ブルがいくつかの噂と推測を耳にしたからだ。カルタン人に似た生物が惑星トペラズにあらわれ、ペリー・ローダンとコンタクトをとり、ラオ＝シン種族だと主張したそうだが、ブリーはそれがカルタン人であると確信した。ふたりの宇宙商人から、ラオ＝シンがアブサンタ＝ゴム銀河の北領域に基地を持っていると聞いて、われわれは《エクスプローラー》部隊で出発し、チャヌカーという名の惑星で実際にラオ＝シンに会った。三角座銀河のカルタン人にそっくりだった。惑星の地下には人工洞窟があり、そのなかに、ブリーが十五年前に惑星アクアマリンで見つけたタイプの宇宙船が四隻あった。かつて見つけたのは廃船だったが、チャヌカーにあったのは無傷の船だった。それらはラオ＝シンによって解体され、船四隻の部品から、すくなくとも三段式の新造船一隻が建造された。チャヌカー基地の要員が、その船で三角座銀河に帰還するつもりだったのはたしかだ。われわれの見つけた船四隻だが、ウムバリという名で知られている、多段式遠距離船の最終段が関係していることはまちがいない」

テーブルについている者はだれひとりとして話さない。だれもがファジーの話に耳をかたむけていた。ナークトルがテーブルをこぶしでたたいた。グラスがかちかちと音をたて、いくつかのプラスティック・カップが危険なまでに飛び跳ねた。

「そんなことだろうと思った」スプリンガーがどなるような声でいう。「ろ座の陽気な老人たちの星座にかけて！　どこにだってカルタン人が一枚かんでいる。この十五年間、われわれ、カルタン人の遠距離船をたえず観察し、コースの一部を追跡してきた。かれらのコースはいつも、エスタルトゥあるいはM－87に向かっていると認識せざるをえなかった。これでかれらがどこへ飛んでいたのかはっきりした。エスタルトゥでなにをしているのか、わかりきっている！」

応える者はいない。ウムバリ船がパラ露を輸送していることを、全員が知っていた。それも、大量に運んでいる。すぐにまたその時がくるということを、すべてがしめしていた。三角座銀河とろ座のあいだを行き来しているマスラ船は、一千万光年を翔破できる強力なエンジンをとっくに搭載している。エンジンを交換する前にルートを二往復できるものだ。つまり、パラ露の輸送は比較的急いでおこなわれている。

そこから生じるそもそもの疑問は、はるかに重要だった。

「カルタン人はパラ露でなにをするの？　力の集合体エスタルトゥの銀河で、それをなにに使うつもり？　なぜストーカーとスティギアンはパラ露が危険だと主張するの？」ニッキ・フリッケルは頭をあげて立ちあがった。「わたしにいわせれば、スティギアンはいつか失敗するわ。パラ露がかれの力の集合体でなにをやってのけられるか、知らないのかしら？」

ニッキはすわっていた席をはなれ、ナークトルとウィド・ヘルフリッチのそばに行く。彼女は興奮しており、動きのはしばしにそれが見られる。

「われわれ全員が勘違いしていたとしたら？」ニッキは声に出してたずねる。「もしカルタン人が、法典や恒久的葛藤との戦いにおいて、われわれの同盟者だとしたら？」

突然、彼女はこれまでになくあわてたようすで、

「みんな、急いで食べてしまいなさい」と、いう。「時間をむだにしてはいられない。すべての準備をととのえるのに、すくなくとも三十時間はいるわ」

「なにをするつもりなのだ？」ファジーが訊く。「なんのことをいっているんだ？」

「われわれ、リアンに行くのよ」と、ニッキ・フリッケル。「おそらく、そこで疑問の答えが見つかると思う！」

6

NGZ四四六年三月十二日

ニッキ・フリッケルはずっと以前にホーマー・G・アダムスとかわした会話を思いだした。当時、ハンザ・スポークスマンは遠距離艦隊の建造という事実から衝撃性をとりのぞこうと、ことを軽くあつかい、ありとあらゆる言い訳を探していた。ニッキが発する警告にも耳を貸さなかったが、当時アダムスはいくつもの重要案件で多忙だったので、彼女はそれ以上は関わらなかった。しかし、この件は消えてなくなりはしなかった。なぜなら、一年後にアダムスが三角座銀河情報局を設立したのだから。そして、その後の十五年間になにが起こったか？

ちいさな、ごくささやかな進展はたくさんあった。三角座銀河やろ座内部であやうい出来ごとがあったし、カルタン人の周辺でもさまざまなことが起こった。しかし、PIGではなんの進展もなかった。それは、なによりもネコ生物の戦略と、カルタン人とギャラクティカムのあいだに条約があったという事実に起因している。

で、いまはどうか？　通常であれば、ボニファジオ・〝ファジー〟・スラッチと《アヴィニョン》の乗員が銀河系にもたらした知らせは、世界を動揺させるものだ。しかし、クラーク・フリッパー基地でも、テラでも、まともに対応しなかった。それでもアダムスは、すくなくともファジーをすぐに三角座銀河に送りこんだ。

そして、ここには万事にぬかりのないニッキ・フリッケルがいる。

いまも彼女は部下を急きたてていた。地下格納庫の喧騒《けんそう》を見た者がいたとしたら、頭を振って立ちどまり、ロボットや有機知性体が箱や器材を《ニオベ》に引きずるようにして運び、じきに小型艇が荷物でぱんぱんになるさまを、じっと見物するにちがいない。同時に《ワイゲオ》も装備をととのえていた。女チーフの計画によれば、はじめてカバレイの三巨頭がそろうことになる。

この事実だけでも、ニッキ・フリッケルが今回の作戦を重要だと考えていることがわかるというもの。

コード名も決まっている。ラオ＝シン作戦と名づけられた。

現地時間の三月十二日、十四時四十三分、地下格納庫の巨大天井ハッチが開いた。反撥フィールドが、砂がホールの床に落ちるのを防ぐ。両船のエアロックが閉じ、グラヴォ・エンジンが始動。音もなく……あるいは、ほとんど無音で……危険な噴射をすることなく、スペース＝ジェットと比較的大きいカラック船は上昇し、カバレイ上空へとひたすら進む。周囲十光年内に船は一隻もいなかったので、スタートは機密あつかいにしなかった。ニッキは合計三十あるPIG基地からの最新報告を分析し、カルタン人の行動に変化がないことを確認した。PIGの基地にはさまざまな種類と大きさがあり、多くはほとんど知られていない惑星に、そのほかは、カルタン人とマーカルの主要交通ルートから遠くはなれた恒星間空間のまんなかにある。双方の勢力領域がまさに向かい合っている銀河中枢部には、三つの基地があった。

二隻はカバレイの大気圏を出ると、別れた。それぞれ異なる方向へ飛行していく。どちらも、そもそもの目的地ではなく、カバレイから三千八百十二光年はなれたポイントをめざしていた。《ニオベ》と《ワイゲオ》は、銀河の異なる二点から目的地に到達するという、念入りに練られた計画にしたがっている。《ワイゲオ》の役割は、ちいさなスペース＝ジェットが気づかれずに接近できるよう、用心深いカルタン人の注意をそらすこと。ニッキは、ウィド・ヘルフリッチがその役割を説得力をもって演じるために、いくつかのことを考えだすと確信していた。

《ニオベ》は通常空間から姿を消した。メタグラヴ・エンジンは、小型艇が目標地点に正確に出てくるよう設定されている。宇宙空間のまんなかに、脈動しまたたく恒星がひとつ、そのそばには惑星がふたつある。コンピュータが数秒で、二惑星の軌道データを算出し、結果をしめす。

「ひとつはメタン巨星、もうひとつは酸素惑星だ」ファジー・スラッチが確認し、驚く。「これはそうそうないことだぞ!」

メタン惑星は恒星へ・クゥイを二億キロメートルの距離で周回している。こんなに距離が近いと、この惑星のガス層はきわめて高温だということになる。大気の最上層が惑星のまわりを荒れ狂っている。そこを飛行することは不可能といっていい。ニッキ・フリッケルは、地表あるいは地表近くがどういうようすなのかを想像してみた。

彼女は《ニオベ》に乗っている出動グループのメンバーをひとりずつ見ていく。ナークトルが搭乗している。トゥルモールからきたふたりの斥候、ドム・ボランとプルトロスもまたこの艇にいた。もとの乗員のなかからは、ファジー・スラッチ、ヴェエギュル、アルヴァンという名の女性だ。ほかのヴィーロ宙航士たちは《ワイゲオ》にいるか、休養のためにカバレイにとどまっている。

PIGの女チーフの注意は衛星に向けられた。リアンの衛星は直径九千六百キロメートル、充分な重力と酸素層があり、極冠、大海、緑地帯がはっきり見える。エネルギーを放出していないので、居住者はいない。

これ以上ないほどカルタン人に適している。

「秘密にしてたんだね」と、女チーフはつぶやくようにいう。「ネコ生物はここにはあえて入植しなかった。そんなことをしたらメタン巨星が目を引いてしまうから!」

リアンは直径が十一万キロメートルあり、ほんとうに巨大だ。探知の結果、直径十万キロメートル部分が惑星の殻であるとわかった。

大気圏と流体領域と思われるところがさらに一万キロメートルほどあるというのは、驚くべき探知結果だ。

赤い恒星が脈動し、次々と放射シャワーを浴びせてくるが、リアンと衛星は影響を受けない。メタン惑星には磁場があって、恒星へ・クゥイとのあいだに半円形の楯をひろげているため、衛星もそれにカバーされ、放射から守られるのだ。

探知をつづけると、明るいリフレックスがいくつかあらわれる。それらは惑星のガス層から飛びだしてきて、すぐにさまざまな方角へと遠ざかっていく。

「接近して」と、ニッキ。ヴェエギュルがなにやらわけのわからない声をあげ、スペース＝ジェットを加速させた。惑星まで二光分のポジションにまで接近し、そのあと大きく減速して、ほとんど動かない状態で宇宙空間に漂う。

はるかかなた、星系の反対側に一隻の宇宙船があらわれた。大きな船で、リアンの周回軌道に対して接線方向に飛行している。

「あれは《ワイゲオ》だ」と、ファジー。「カルタン人の注意をそらすのだろう！」

ニッキは、この変わり者が着ている色とりどりの服をじっと見ながら、

「わたしが間違っていないなら、おじけづいてるようだね。ズボンがずりおちそう」と、

いう。「ちゃんとベルトを締めたほうがいいよ！」

カラック船は進路変更し、リアンに向かった。ファジーはジェットの全システムをオフにする。パッシヴ探知機だけが作動しつづけている。小型艇の乗員は、今後なにが起こるかと、固唾《かたず》をのんで見守った。

惑星の近くに小型の監視ゾンデがあったのだろう。これらが警報を発し、しばらくして多数の船が大気圏から姿をあらわす。ハイパーカムが星系から発信され、未知の場所で受信された。船は例外なくカルタン人の惑星フェリーだ。それらは昆虫のように《ワイゲオ》に群がっていき、交信がはじまる。ウィド・ヘルフリッチがとほうにくれたふりをし、実際のところなにが起こっているのかわからないとくりかえし説明するのを、ニッキと仲間たちは見守っていた。ウィドは最後には、恒星間飛行は禁止されていないはずだ、と、いいはる。

カルタン人は《ワイゲオ》の飛行を阻止しようとしたが、押しとどめることはできず、砲撃をはじめた。だが、《ワイゲオ》の防御バリアがエネルギーの一部を吸収し、それ以外のエネルギーをはね返す。カラック船はコースをかたくなに維持し、多数の戦闘艦と《マスラ》タイプの大型輸送船がリニア空間から出てきてようやく停止した。それらは、ハイパーカム通信で呼びだされて、星系外からやってきたのだ。

「もうすぐよ」ニッキがささやく。「カルタン人はなるべく注目を引かないようにしたいにきまってる。ひろく測定される恐れのある宇宙戦は、かれらの意図するところではない。《ワイゲオ》を追いはらうか、あるいは一撃で破壊しようとするはず！」

惑星フェリーは砲撃をやめていた。ウィド・ヘルフリッチがどういう反応をしめすか、《ニオベ》に乗っていただれもが緊張の面持ちで待つ。

テラナーは反撃に出た。エネルギー嵐を引き起こし、カルタン人が攻撃せざるをえないようにしむける。さらにまたなにかが起こった。最初に気づいたのはスペース＝ジェットのシントロン・コンピュータだ。ウィドはモールス信号のアルファベットを打ち、超高速コンピュータはウィドが打ち終わる前にそのメッセージの意味を理解した。

〝かれはすこしばかり後退しますが、カルタン船に対する攻撃はやめません。かれを黙らせたいなら、ネコ生物は全力で攻撃しなければならないでしょう！〟

とりきめどおりだ。ニッキはヴェエギュルに合図をする。ブルー族はスペース＝ジェットのシステムを作動させ、加速。かれはカルタン船がそろって《ワイゲオ》を追っていくのを待ってから、リアンにコースをとった。

すべてがしずかだ。メタン惑星からはもう一隻の船も姿をあらわさない。《ワイゲオ》とその追跡者は、岩と氷の塊りでできた帯がきわだつ星系の境界にまで移動していた。

「いまが絶好のタイミングね」と、ニッキ・フリッケル。「さ、行こう！　今後何十年にもわたって語り草となる冒険がはじまる。あらかじめ決めたとおりにやるわよ！」

「それにしても、とりきめどおりだな」規律に関してはブルー族を信用していなかったナークトルが、とどろくような声でいう。しかし、ブルー族はギャラクティカムのすべての種族から高く評価されていた。なぜならかれらは、つきまとうソトからまんまと逃れているからだ。かれらの惑星には、ウパニシャド学校もテレポートも、ソトに関連するものはなにもなかった。

ヴェエギュルは《ニオベ》を大気圏の最上層のきわにまで導く。猛烈に荒れ狂うガス塊は小型艇に手がとどかないので、防御バリアを張る必要はない。コースを安定させて軌道に乗る。その軌道を維持するためには、ときおりサイドのインパルス・ノズルを短時間、噴射するだけで充分だった。

スペース＝ジェットは、巨大惑星のガス層にハエのようにへばりついた。そのはるか上のほうで、ヘ・クゥイと呼ばれる脈動する恒星の火が輝いている。

「なにかを探知したぞ」プルトロスがいい、鼻をぶらぶらと動かす。「見えるか？　下からわれわれになにかが近づいてくる。座標は……」

かれは座標を読みあげた。しかし、同時にほか十カ所で同様のリフレックスがあらわれた。

「回避コース、急いで！」ニッキ・フリッケルは大声でいう。「さっさとやる！」

ジェットは加速した。そのさいすこし高度をさげて、大気圏の薄い上の層に姿をかくす。これで探知されにくくなったが、同時にかれらの側からも探知がしにくくなった。ところが、計器に表示されたものがあまりに奇妙だったので、大きく目を見開いたのはニッキだけではない。

「まさか」三角座銀河情報局の女チーフはささやくような声でいう。「下でなにが起こってるの？　かれらはあれで、いったいなにをしようっていうの？」

＊

《ニオベ》はガス層に沈んでいる。まるでクッションの上に置かれているかのように。沈んだきり、あがってこない。エンジンをとめていた。コンピュータは入ってきたすべてのインパルスを分析し、いつでも防御バリアを張れるようにしている。百を超える飛翔体のリフレックスが比較的ゆっくりした速度で大気圏から上昇してきた。惑星フェリーでも、カルタン人のほかの宇宙船でもない。あるいは、砲弾か？

ファジー・スラッチがすわっているシートの背もたれで、ニッキの手がこわばる。スラッチはどうもそれが気になるようで、すわったままからだをずらして、何度もおちつきのない視線でうしろに立っているニッキを見るのだった。

リフレックスが近づいてくる。直接ジェットを狙ってくるものはない。めざしているのはなにもない空間で、やがてエンジン噴射も認識できるようになった。エンジンはほとんど例外なく、飛翔体の側面にある。

「ウナタにかけて!」と、プルトロスが、「トゥルモールにとどまっていればよかった。どう思う、ドム・ボラン?」

フェロン人は答えない。なにもしゃべらずじっとしたまま、何度も目をこすっている。そして突然、大きな声で、

「あそこ! みんな見えるか? なにが起こってるんだ?」

ヴェール状のグレイのガスから、黒い影がひとつ浮かびあがってきた。クジラみたいに大きいが、角ばっている。暗闇から出てきて、ゆっくりと惑星上空の真空領域へと上昇していく。

それが最初だったが、数秒後に次がつづいた。さらに数千ものあらたなリフレックスを探知した。

ファジー・スラッチが急に振り返り、

「わたしはヒーローじゃないし、ヒーローになりたくもない!」と、叫ぶ。「そろそろ、ここを立ち去るよう命令してはどうだ? これはわれわれの艇なんだから!」

〝われわれ〟というのはヴィーロ宙航士のことだ。

ニッキ・フリッケルは小ばかにしたように肩をすくめただけで、

「金属パーツがいくつかある」と、いう。「フランジつきのエンジンね。たぶん自動制御されている。惑星地下の造船工廠からきたんだわ！」

ファジー・スラッチとほかの乗員は、数回呼吸するあいだに、PIGの女チーフがいったことの意味を理解した。

「やはりそうなのか」ナークトルがうなる。「疑念は当たっていた。リアンはテ＝ラウロ星系のヴァアルサ同様、工廠惑星なんだ。ここでウムバリ級の遠距離船が建造されている。そして、いま大気圏を通りぬけているのは、まさに……」

「……それらの船のパーツよ」と、ニッキが締めくくる。「よくできました、ナークトル。スプリンガーにもまだときおり使える脳みそがあるのね！」

ナークトルが返す言葉を失っているあいだに、女チーフは指示を出した。位置を変更して、パーツからの距離がすこし遠くなるような追跡するポジションへ向かうように、と。だが、遠すぎてはならない。各パーツの飛行を正確に追跡する能力がカルタン人にあるなら、ジェットのコースを見て、なにか想定外のことが起こったと認識するだろう。一パーツがコースからはずれたのか、あるいはなにか異物があるのか、と。

作戦は成功だった。スペース＝ジェットが発見されたことをしめすものはなにもない。ジェットはポジションをキープしている。軌道上で向きを変えてリアンを周回する各パーツとの相対的ポジションを維持するために、ときおりグラヴォ・エンジンをオンにした。

最初は数千個だったパーツが、まもなく数万個になる。忍耐強く六時間待ったのちには、シントロニクスの分析で、二十万個のパーツが次々と上昇したことがしめされた。

したがって、危険な状況になった。カルタン人が惑星フェリーに乗ってやってきて、プラットフォームが射出され、おびただしい数のマシンが作業をはじめる。それらにつづいて、ちいさく透明な球体に入ったネコ生物が出てきた。パーツとパーツのあいだを行ったりきたりして、作業工程をコントロールしている。

こうして一隻の船ができあがった。見通しのきかない部品の群れに生命が宿る。それらは長い列と房になって配置され、あちこちに浮遊しているが、ふたつの部品が衝突することは一度もない。カルタン人に関して認めなければならないことがあった。かれらの宇宙航行技術はギャラクティカーのそれとくらべて時代遅れだが、完璧に機能している。

《ニオベ》では、フェロン人があくびをしはじめた。かれは両脚を長く伸ばし、「あとどれくらい見てればいい？」と、訊く。

「なにがしたいのだ？」と、ナークトル。「われわれ、ここで動きだし、遠ざかったりしたら、すぐに探知される。どっちみち、いずれは船のパーツの列にまぎれるしかない。偶然に発見されないように」

「あのなかにか？」ファジー・スラッチがスクリーンをさししめす。脈動する恒星の光のなかで、ときおり、いくつかのパーツが光っている。「十の銀河が集まろうと、ソトが百人いようと、わたしをあそこに連れていくことはさせないぞ！」

「なぜいけないの？」ニッキは腕を組む。「われわれ、とにかく、あの船がどこに向かうか知りたいのよ。どうなるのか？　エスタルトゥのどこに着陸するのか？　チャヌカーか？」

あらためて、かれらはカルタン人に関連した疑問に直面していた。

かれらはなぜ、エスタルトゥの銀河でラオ＝シンと名乗ったのか？　この別名の目的はなんなのか？

かれらはなぜ、パラ露をエスタルトゥまで持っていったのか？　使用されなかったのは明らかなのに。それをどこに貯蔵している？　なぜ、船の最終段が空《から》でもどってきたのか？

ブリーがアクアマリンで難破船を発見したのは十六年前のことだ。難破してからざっと見積もって二十年は経過していたらしい。飛行時間も計算に入れるなら、カルタン人はもう四十年も前からエスタルトゥへ飛んでいたことになる。

なんのために？　これらすべてを計画したのはだれなのか？　これらすべてに対する答えは、惑星カルタンで見つかるのか？

ラオ＝シンという甘ったるい言葉と比較すると、カルタンとかカルタン人とかいう名前には硬い響きがある。ラオ＝シンというのはどういう意味なのだろうか？

ここには大きな宇宙的秘密がある。そう感じているのは、ほぼ十五年間ずっと三角座銀河にいたニッキ・フリッケルだけではない。ネコ生物が遠くのおとめ座銀河団にパラ露を輸送し、そのさい故郷をおろそかにしたということの背後には、なにかがかくされている。

そもそも故郷をないがしろにしたり、放棄したり、忘れたりする種族が、こんなことをするだろうか？

ひょっとしたら、と、ニッキは考える。ときどきそういうことはあるかもしれない。しかし、やはり不自然だ。

ひたむきに努力するカルタン人には、そういったことができそうな印象がない。だとすると、背後にかくされていることはなんだろうか？

《ニオベ》で夜間当直がはじまった。乗員の半分は睡眠をとり、のこりの半分は夜間勤務につく。ニッキは、ヴィーロ宙航士とPIG要員がかならず混在するようにグループ編成をした。そうすればファジー・スラッチがばかげたことをしないと確信している。彼女は支離滅裂な印象のこのテラナーをまったく信用していない。

かれを不当にあつかっていることになるが。ただそれでも、かれとヴィーロ宙航士たちが最近いろいろな目にあってきたという事実は考慮に入れていた。

見張りは四交替制だ。二十四時間が経過し、待機はまだつづいていた。パーツの列は、惑星内部からのさらなる供給により、補充されつづけている。テラ通常時間で二日半後、外での組み立てプロセスは完了した。ウムバリ級遠距離船一隻を構成する四段が軌道上にある。カルタン人の小型球体は惑星フェリーのなかに姿を消した。

「で、われわれは？」全員がジェットの制御装置のまわりに集まってきたとき、ファジーが小声で訊く。「探知されるんじゃないか？　なぜわれわれは、これらの段のひとつにまぎれていないのだ？」

その声はいまにも泣きだしそうで、たどたどしく聞こえるのだが、ニッキは、かれが自分をからかおうとしているような印象を受けた。彼女はジェットをまた巨大惑星の大気圏に沈めるよう指示したので、いまは比較的安全である。とはいえ、《ニオベ》は大気圏上層部で吹き荒れるハリケーンのような嵐にあおられ、ときおり、宇宙空間との境いの末端部まで追いやられたりするが。

「なぜなら、わたしが決断したからでしょうね」と、彼女は答えた。「まずは、次になにが起こるか待つ！」

さらにまた待つのは拷問にも等しかった。十時間が経過。そのとき、《マスラ》タイプの船が一隻あらわれ、このあいだに連結されていた段の最前部にドッキングした。そこでなにがおこなわれているのか正確に判断することはできないが、ナークトルがもっともな推測をした。船を目的地に運ぶために乗員が乗船しているのではないか、と。何年にもわたる航行で任務にあたれるのは、厳選され特別な訓練を受けた宙航士だけだろう。そのような、果ての見えない旅がもたらす心理的負荷に、だれもが耐えられるものではない。

そして、カルタン人のなかにヴィーロ宙航士はいない。

ほどなくして、大型の円盤形宇宙船は姿を消した。ウムバリ級の宇宙船と惑星フェリーとのあいだの交信が復活。

「つまり、あの四角いのは《クルーム》って名なんだな」ファジーがため息をつく。「悲しい名前だ。なあ、ブルー族のミルク飲み、この名前はなぜこんなにメランコリックな気分にさせるのだ？」

「むしろテラのトイレのことを連想するが」ヴェエギュルは虫の鳴くような声でいいながら、相《あ》いかわらず根気よく探知装置に目を向けている。「わたしの勘違いでなければ、カウントダウンはすでにはじまっている」

かれらが船の名前に関して話し、その意味を解明しようとしているあいだに、ウムバリ船の最初の段が突然、動きだした。惑星に近い宇宙空間で炎の槍が光る。はっきり見えるほど近かったが、リアンのメタン層に危険がおよぶほどではない。ウムバリ船がノズルによって追いやったものは、有毒ガス惑星にとって危険な混合物となるだけではなく、リアンの衛星もそれによって危機にさらされる可能性がある。

四段船が前進をはじめた。惑星フェリーは突然、あとにのこされる。船が周回軌道から飛びだし、ヘ・クウィ星系から出ていくコースに向きを変えるのを、カルタン人もヴィーロ宙航士もPIGメンバーも、息をのんで注視した。

「さ、全員、ハーネスを締めて」と、ニッキ・フリッケルはとてつもなく真剣にいう。ヴェエギュルを操縦席からどかせ、小型艇の操縦をみずからがになう。最初はゆっくりと、それからどんどん加速し、大気圏という名前は間違ってつけられたのではないかと思われるほど粘性の高い海に、《ニオベ》は沈んでいった。

7

NGZ四四六年三月十七日
通常時間のほぼ七時

ウィド・ヘルフリッチの発言は、すぐそばにいる者にしか聞きとれなかった。しかし、そのためにかれがおこなった行動は明白だった。《ワイゲオ》の船首司令室にいるだれもが、なにが起こったのかいまはもうわかっている。馬面《うまづら》のテラナーはにやりと笑って顔をゆがめ、とてつもなく大きくてスコップみたいな手を持つ細い腕をからだに引きもどして、

「やっとだ」と、ため息をつく。「何時間も口を酸っぱくしていってきた。で、これからどうなる？」

かれは答えを保留し、船を操縦するというおのれの任務に打ちこんだ。ＰＩＧのカラック船はちいさくて黄色い恒星の対探知の楯に入り、ニッキ・フリッケルからシグナルがくるか、あるいはなにかが起こるのを待っていた。

カルタン船と小競《こぜ》り合いをした《ワイゲオ》は、適切なタイミングで撤退した。戦いの場はヘ・クゥイ星系から隣接星系へとうつり、つづいた。その後、カラック船は最終的に逃げだし、姿を消した。現在いるのはヘ・クゥイ星系から四十光年はなれたポイントで、そこから、円盤船がどのようにこちらを捜索するのかうかがっている。相手は星系周辺の直径ほぼ三十光年ほどの宙域を、くまなく捜索していた。《ワイゲオ》は発見されたりしないよう、そちらに近づくのを避けている。

二日後、三角座銀河情報局の船はじっとしていた場所をはなれ、五光年の距離まで接近した。せまい恒星軌道に入り、いまもそこにいる。

「フリッケルの探知は?」PIGのチーフ代行がたずねる。「圧縮インパルスはあったか?」

「ネガティヴ」船載コンピュータから返答がある。「そのかわりに、べつの活動を確認しました。リアンの周回軌道でなにかが成長しています。四つのコンポーネントで構成されていますが、つなぎあわさってひとつになっています」

「宇宙船か?」と、ウィド。「それ以外には考えられない。その船になにが起こるんだ?」

この問いに答えが出るまでにすこし時間がかかった。その時点で、当該宇宙船はリアンの周回軌道を出て、星系外へ向かうコースをとっていた。

「ありえない」ウィドがぶつくさいい、船載コンピュータに指示を出す。周回軌道を出て、短い超光速航行をするように、と。こうして《ワイゲオ》は当該船に三光年接近した。当該船と《ワイゲオ》とのあいだに白色恒星をはさむコースで飛んだので、探知されにくい。

ウィドの疑念が確認された。それはウムバリ級の四段船だった。乗員は、まだリアン周回軌道上の数隻と交信している。船名は《クルーム》。交信からは、船の任務がなんなのかわからない。

しかし、ウィドはおかしいと思い、しつこく追いつづけようと決心した。ニッキ・フリッケルやナークトル、あるいは《ニオベ》のほかの乗員からの連絡はない。覚悟せざるをえなかった。《ワイゲオ》の陽動作戦は徒労だったのだ。銀河系のスペース＝ジェットはカルタン人に拿捕《だほ》されたか、あるいはメタン惑星の自然の猛威の犠牲になったと考えるしかない。

「《クルーム》が急加速しました。まもなくヘ・クゥイ星系外に出ます！」と、ポジトロニクスの声。

「コース分析！」ウィドはもとめる。

「コースははっきりしません。船は目下のところ、銀河系を迂回すると思われる放物線軌道を描いています。しかし、すぐにも変更される可能性があります」

変化があった。まもなく、リニア飛行をするのに充分な速度に達した船は探知から消え、数千光年先にふたたびあらわれる。時代遅れのカルタン技術の散乱放射は非常に明確で、ほかと間違えようがなかったので、《ワイゲオ》の高性能装置で探知できたのだ。

カバレイから圧縮インパルスがとどく。それは多数の中継基地を経由していた。ろ座のネコ生物が待っている《マスラ》タイプの輸送船が確認できた。輸送船は三角座銀河外にいる。そのコースは目標星系をしめしていない。

《ワイゲオ》は三角座銀河をはなれ、《クルーム》のコースと並行して飛行した。《クルーム》は二度めのリニア航行に入る。このあいだにコースを明らかに変更していた。銀河系をはなれるコースだが、まだ特定の目的地をしめしていない。

ウィドが推測していたことが的中した。銀河の数学的な縁の外側から七十光年、ふたつある渦状肢のひとつのすぐそば、その渦状肢が銀河の中心核に移行する宙域の近傍二百光年のところで、輸送船と《クルーム》が遭遇したのだ。二隻の船は同じ速度で宇宙空間を漂っている。

「強いエネルギー活動です」と、船が報告する。

ウィドは口もとをゆがめる。思ったとおりだ。

カルタン人がパラ露を積み替えているのだ。マスラ船がパラ露をろ座から運びだし、《クルーム》に積み替えたということ。このことがカルタン人にとってどれほどの事情と結びついているのか、ウィドは知っていた。大勢のエスパーがパラ露の保全を引き受けたにちがいない。女カルタン人たちは精神平面における大勢のエスパーがパラ露の保全を引き受はたしているということ。

カルタン人がパラトロン技術を持たないのは、ニッキ・フリッケル、ナークトル、それに自分のおかげであるということを、ウィド・ヘルフリッチは思いだした。ネコ生物はたった一度、ギャラクティカムのキャッチャー一機を拿捕することに成功したのだが、カルタン人がその機能などを突きとめる前に、自分たちが破壊したのだ。

パラ露の積み替えには二十時間かかった。そのエネルギッシュな活動には、目を見張るものがある。パラ露のごく一部がエスパーのコントロールを逃れ、突発的に爆燃した。しかし、その時点で二隻の船から充分な距離にあったので、被害は発生しなかった。

マスラ船が動きだし、三角座銀河の方角へ消えていった。二時間後、《クルーム》も加速をはじめる。《ワイゲオ》の船載コンピュータの分析によると、カルタン人は五十トンのパラ露を《クルーム》に積み替えていた。何十億のしずくになるのだろうかと計算するのは無益なことだ。いずれにせよ、それはかなりの量で、通常カルタン人が運ぶ量をはるかに超えている。この確認はまた、カルタン人の行動の意味がどこにあるのかという、たび重なる疑問をおおいに強めることにもなった。

ウィドは両のこぶしを握りしめる。カルタン人の遠距離船を追跡するよう命じることは、かれにとってなにも常軌を逸したことではない。自分たちが探知されるかどうかということは、いまはどうでもいい。《クルーム》は星間虚無空間を進んでいる。ウィドは決めた、期間を二日に限定して《ワイゲオ》で随行しようと。

かれとカラック船の乗員にとって、新しいことはなにもない。以前の仮説が確認されただけだ。《クルーム》は明らかにおとめ座銀河団に向かうコースを進んでいる。三度のリニア航行後にもコース変更をせず、エスタルトゥがどこにあるにせよ、向かう先がエスタルトゥなのはまちがいない。そこにはヴィーロ宙航士がいて、なかでも永遠の戦士がいる。

「追跡中止」と、ウィド・ヘルフリッチ。「引き返す」

とりあえずはヘ・クゥイをめざし、あらためてニッキ・フリッケルからの連絡を待つことにした。このあいだにのこしておいた通信ブイはメッセージを記録していなかったので、送信メッセージもなかったということ。

ウィドはこの先どう進むか決心がつかない。リアンに飛んでネコ生物のことすべてを掘り起こそうかと思わないでもないが、一方で、ニッキの計画である程度の期待が持てるのは、どこからもじゃまされずに作戦が遂行できたときだけだということも考慮しなければならない。

それが最終的には決定的な要因になった。

ウィド・ヘルフリッチはポジトロニクスに、カバレイに帰るコースをプログラミングするよう指示を出す。

ＰＩＧの女チーフが困難を乗りこえて進まないなんてことがあったら、それこそ笑える！

8

NGZ四四六年三月十八日

ナークトルでさえ、おちつきがなくなっていた。不確実なことばかりだと、乗員の神経は消耗する。

カルタン人は、技術装置や惑星フェリーを格納するのを、とくに急いでいるようには見えない。すべてが緩慢に進んでいる。地下格納庫への入口は大きく開いていて、暗い地面にあいた暗い穴のようだ。リアンの地表からはヘ・クゥイはまったく見えない。厚い大気層はわずかな光線しか通さず、不透明でどんよりしたもやの温度は摂氏マイナス百度からプラス五十度のあいだで変動する。

ウムバリ船の各パーツを軌道上に乗せるために使用されたエンジンブロックが、一、二ダースのパッケージにまとめてフランジで固定された。牽引ビームで持ちあげられ、地下へおろされ、そこに防護服を着て準備万端で待ちかまえていたカルタン人に引き継がれる。

一連の作業が終了したのは《ニオベ》内のクロノメーターで一日半後のこと。それから、カルタン人は巨大な格納庫の扉を閉じ、カムフラージュをはじめた。そうしておけば、仮に敵が地表まで進撃したとしても、手がかりやシュプールが見つかることはない。

この作業にはさらに二十時間かかったのだが、そのあいだスペース＝ジェットの乗員はエネルギーを温存した。

ヴェエギュルははじめての大著にとりかかった。エスタルトゥでの体験、とくにボニファジオ・〝ファジー〟・スラッチとの体験を永遠にとどめたいと思ったのだ。ナークトルとプルトロスはトランプのひとり遊びに没頭した。

ファジー・スラッチはアルヴァンに、恐がることの必要性を納得させようとした。

ドム・ボランとニッキ・フリッケルは監視をつづけ、探知装置を凝視している。

これまでのところ、この小型艇は幸運だった。母船から射出されたのではなく、独自にメタグラヴ・エンジンをそなえるスペース＝ジェットが存在することを、カルタン人は想定していない。かれらが気にかけているのはコグ船とカラック船だ。これらの船がいるということは、三角座銀河情報局がそばにいることになるのだから。

「カルタン人は握手するんだろうな、もしそういう所作を知っていたら」と、ボランは背もたれに身をあずけてからだを伸ばした。「陽動作戦がうまくいったという前提で、かれらは行動するだろう。《ワイゲオ》はじつにいいタイミングで追いはらわれたものだ。カルタン人は、自分たちの行動が監視されていないことを前提にして行動する」

「そうでなきゃ困るんだけど」ニッキはそういって頭をそらし、きっぱりとした顔をする。「こっちはいらぬ注意を引かずに必要な情報を手に入れられたら、それで満足よ。われわれのなかのだれかが欠けたり、カルタン人の手に落ちたりしたら、なんの意味もないわ」

その点に関してはスペース＝ジェットに乗っている者全員が同じ意見だ。ファジーは話を数秒間中断し、探知装置をさししめし、

「終わった」と、確信を持っていう。「かれら、また身をかくした。地表でうろついているカルタン人が数名いるが、これもじき姿を消すだろう」

ニッキ・フリッケルはにやりとする。彼女はとっくにいくつかのちいさなエアロックを見つけだしていたのだ。十平方キロメートルの範囲に九カ所あって、地中につづいている。とてもよくカムフラージュされていたが、PIGの女チーフはその場所をしかと記憶し、《ニオベ》のシントロン・コンピュータにも保存した。地下帝国に通じるこれらの入口のひとつを使うと決めている。

しかし、いますぐにではない。不恰好な防護服を着用したカルタン人がまだ数名、空中で動きまわっている。と同時に、スペース＝ジェットがひそんでいるクッションのような半流動体の雲が動きだし、小型艇はあっちこっちに揺さぶられた。加速圧中和装置

が動きを中和するので、乗員が行動を中止するにはいたらない。

だが、じきに外気温が百度近く急上昇し、艇は警報を発した。運べそうなぶあついクッションのようだった雲が、軽いガス状になり、上昇。まるでカーテンが開けられたみたいになったところに、ジェットはとどまっている。数分間、地表からまる見え状態だったわけだ。発見されなくてさいわいだった。

「わたしにいわせれば、われわれはついている」と、ファジー・スラッチは自慢するようにいう。「さらにいうこともできるが！」

「そこまで！」ニッキ・フリッケルがシートからさっと立ちあがる。司令室の反対側に行って、ヴィーロ宙航士の前に立った。「たった一度でいいから賢明でいてちょうだい、ミスタ・ボニファジオ・スラッチ。守護聖人の聖ボニファティウスがあなたを見たら、お墓のなかで安らかに眠っていられないでしょうよ！」

ファジーは唾をのんで、残念そうなジェスチャーをアルヴァンに見せる。彼女は苦笑し、これさいわいとばかりにその場を去った。

「きみはほんとうにそう思うのか？」と、かれは訊く。「わたしはそんなに変な男なのか？」

その場にいる全員が爆笑した。ヴェエギュルだけは沈黙しているように見えるが、それは、かれの哄笑《こうしょう》が完全に超音波領域で起こるからだ。かれが笑っているとわかるのは、

《ニオベ》の高性能センサーだけである。

「ああ、ひどいもんだよ」ナークトルが口をはさんだ。「表現できないくらい！」

かれらのやりとりはフェロン人にさえぎられた。ボランは、最後のカルタン人が消えたと報告。これでついに、地表へおりていくのにじゃまをする者はいなくなった。

もちろんスペース＝ジェットは、ここではなくべつの場所に着陸することだってできる。しかし、かくされた入口をあてずっぽうで探すのはばかばかしい。カルタン人を観察した結果、仕事ははるかに容易になったのだから。

ニッキ・フリッケルは操縦席につき、スペース＝ジェットを加速させた。風に押し流される雲塊を追いかけて飛び、その雲にかくれて、都合のいいかくれ場を探しはじめる。リアンの地表は大部分がつるつるしていて、ほとんどぴかぴかに磨かれているようなものだ。

永遠につづく嵐が地表を削りおとし、もはや抵抗となるものはない。ときおり丘とか身をかくせそうな地層があるにはあるが。

ニッキからすると、それでは不充分だ。

《ニオベ》が発見される危険を冒して、彼女はさらに探す。

こんどは運に恵まれ、スペース＝ジェットはただの一度も探知装置にとらえられることなく捜索をつづけた。北方面の地表に亀裂が見え、峡谷があるとわかる。すぐさま接近し、自然の暴威に逆らって下へ下へと進み、本来の地表から姿を消した。細い峡谷だったが、下に行くにつれてますます幅がせまくなる。艇を安全に下へ進めるために、ニッキは持てる操縦スキルのすべてを駆使しなくてはならなかった。防御バリアが岩壁に触れることもあったし、地表距離探知機が過剰反応し、テレスコープ脚がまだ地面に接していないのに、着陸を告げたりもした。

ようやく《ニオベ》はある程度安全な場所に着陸し、乗員たちはニッキ・フリッケルのまわりに集まった。

「セラン着用」女チーフは簡潔にいう。「時間をむだにしたくない！」

かれらは完璧な生命維持システムが装備された防護服を着用した。

四人がスペース＝ジェットを出た。ニッキ・フリッケル、ナークトル、プルトロス、ファジー・スラッチだ。のこりの者たちはジェットにとどまる。危機におちいった場合にどう対処すべきか、ニッキは明確な指示を出しておいた。

ファジー・スラッチが愚痴をこぼし、

「わたしはほんとうのところ、のこりたいんだが。ヴェエギュルはこういう遠征を楽しみにしていた。わたしのかわりにかれを……」

ニッキは返事をするかわりに、かれをエアロックから峡谷に押しだした。峡谷の底は完全な暗闇で、セランが自動的に照明装置をオンにした。その光のなかで、男三人と女ひとりは、峡谷の壁と底をさっと通りすぎる影を確認。

「ジェットが五十メートル先に強力な金属集合体を測定した」と、ドム・ボランが知らせてくる。「しかも、峡谷の両方向に。この金属集合体は動いてる！」

ニッキ・フリッケルは動かない。照明を消すよう仲間に指示する。彼女自身の投光器はすでにオフにしてある。

「地上車かしら？」彼女はちいさな声で訊いた。

「いや。それよりすこしばかりコンパクトな構造物だ。だけどどんどん速度をあげて、そっちに向かっている！」

「照明を！」ニッキは大きな声でいう。彼女はセランをスタートさせて上昇し、ロケットのように飛びあがった。ナークトル、プルトロス、ファジーも無言でつづく。かれらのうしろでスペース＝ジェットの防御バリアが燃えあがった。

ほとんど同時に攻撃がはじまった。

セランが探知結果をしめす。金属集合体が、峡谷をはなれて上昇してくる。四人を追いかけていて、あえてスペース＝ジェットに近づくことはしない。

ニッキの防御バリアが赤く光る。金属片が当たってばちばち音をたてたが、バリアで燃えつきた。金属片の集中攻撃はやみ、あらたな攻撃がはじまる。

セランが明るさを増幅した３Ｄ映像をヘルメット内側に投影した。ニッキが見たものは、ねじれた構造体だった。両端で結合した腕みたいに見えるものが五つ。胴体や突起物はない。ほかの金属集合体も同じ形状をしていて、くりかえし攻撃してくる。攻撃するたびに構成物質の一部を失っていき、かたちが以前よりちいさくなるが、攻撃力が衰えることはない。

それどころか、さらなる援軍があった。金属片でつくられた構造物が次々と峡谷の底から解きはなたれて、侵入者に突進してくる。

「きみたちに危険はない」と、ボランが連絡してきた。「この下には動くものはもうなにもないから」

「そういう問題じゃないわ」と、ニッキ・フリッケル。「わたしには、これらのものに知性があるとは思えない。ほんのすこしの意識を有している気配すらない。それなのに下等動物のように反応する。われわれが相手にしているものはなんなの？」

「わからない」ナークトルが低い声でうなるようにいう。「あの動きは、一種の磁気性反射現象ではないかと思う。金属製のもののすべてに反応している。見てみろ。もうわれわれを追ってこない！」

セランを着用した四人は峡谷のはしをこえたが、金属集合体はあとを追ってこない。峡谷の上方にとどまったままでいて、やがてゆっくりとおりていく。

「なんとかうまくいった」マイクごしにヴェエギュルがさえずるようにいってくる。

「だが、われわれをほうっておいてはくれないだろうな!」

「こっちのことはかまわないで」と、ニッキ。「いまから通信連絡は禁止。緊急時のみ、コード化した圧縮メッセージを許可する。ただし、こちらで受信できない場合もあるけど」

ヘ・クゥイ星系のリアンに向けて飛行するまでに、かれらはすべてについて話し合っていた。カルタン人の施設内にいるあいだ、スペース＝ジェットからメッセージがとどいてはまずい。カルタン人はおろかではないし、遮蔽《しゃへい》下で作業している。リアンの地表で生じている事象を見おとすなどということは、まずあるまい。

「ヘルメット通信の到達範囲を最大限、絞るように」PIGの女チーフは仲間にいった。

「では、わたしにつづいて。地下に通じるもっとも近場の入口があるのは、十キロメートルほど先よ」

＊

はてしなくつづく平原のまっただなかで目に見えない入口を探すのは、かんたんではなかった。招かれざる来訪者四人にとって手がかりになりそうなものは岩のひとつもなく、《ニオベ》の記録データにアクセスすることもできない。ニッキはセランに指示を出して、最大限で地下二十センチメートルまでを調べる精巧な走査ビームをはなったが、なんの手がかりも得られなかった。どうやら、正しくない場所にいるようだ。PIGの女チーフは仲間を相いかわらず急がせた。グラヴォ・パックを最大出力にし、セランで自然の暴威にたちむかう。地表に吹く風はその時点で風速五十五・六メートル。部分的に液化したアンモニアをふくんでおり、それが個体バリアに当たって音をたてて飛び散る。

長い距離とはいえない十キロメートルを進むのに六時間以上かかった。ファジー・スラッチは一度ならずまわれ右をして、自分だけ帰り道を見つけようとする。そのたびに、仲間たちはかれを力ずくで押しとどめた。

いまでもファジーは、今回の作戦に参加したことをひどく後悔していた。

「カルタン人には鋭い爪がある」と、かれはつぶやく。「かれらは、すべての侵入者を殺す。秘密を知った危険な者を始末することになんのとまどいもない。われわれはここにいることで、すでに秘密を知った危険な者になってしまっている。きみたちはいつになったらそれがわかるんだ？　さっさと引き返して、ここから去ろう。命を危険にさらさなくたって、必要な情報を手に入れる方法はある！」

「かれは頭がおかしい」プルトロスがいいはる。「それは前からわかっていたことだがな。わたしが、このいとおしくかけがえのない鼻を使って、かれをさんざん引っぱたいてやる！」

「いいだろう！」ファジーが大声でいう。「だが、それを実現するには、まずは《ニオベ》にもどらなければ……」

ニッキ・フリッケルはファジーに、言動をつつしむように注意した。ナークトルはグループから二百メートルほどはなれていたが、かれが地面に這いつくばるのを、ほかの者たちは見た。そこらじゅうにこびりついている湿った埃を、手袋で拭《ぬぐ》っている。こすりとった物質を押しかためてこんもりした山にすると、ナークトルはうなり声を発した。なにかを発見したようだ。三人はかれのほうへ進んでいく。そのあいだに〝天気〟はさらにひどくなっていた。厚い雲が地上をおおい、視界をさえぎる。通信機がばちばちと音をたてはじめ、数秒後にはもはや意思疎通が不可能なまでになった。

と、ナークトルが跡形もなく消えていた。ほかの三人は、自分たちの立ち位置との関係でかれのポジションを知っていただけだ。かれらは密になり、ゆっくり歩いていく。ニッキ・フリッケルはまっすぐ前方に目を据えてじっと見た。

「残念ながら、これ以上なにも探知できません」セランが告げる。「スプリンガーの個体バリアはもはや、エネルギー・インパルスを発していません！」

ニッキは驚いた。いや、ナークトルがバリアをオフにする命令をセランに出したはずはない！

「どこにいるの？」彼女は大きな声で訊く。ヘルメットに聞こえてくるのは騒音だけだった。ヘルメット通信は相いかわらず使えない。

一瞬、カルタン人が関わっているのではと、ニッキは考えた。しかし、その考えは捨てた。ネコ生物は、自分たちの工廠惑星に出動部隊がきているなんてまったく知らない。ともあれ、《クルーム》が組み立てられたんだから、ここは工廠惑星だろう。

あたりのどんよりした靄がしだいに明るくなってきた。ニッキはスプリンガーの姿を探す。と、ななめうしろにいた。かれらはかれを通りこしていたのだ。そのあいだにナークトルは直径四メートルくらいの楕円形の表面を露出させ、ちょうど立ちあがったところだった。

「……充分に注意しろ」ニッキはナークトルの声を聞きとった。「ハッチはロックされている！」

いくつか不具合はのこっているが、通信装置はふたたび機能していた。

ニッキがプルトロスに合図する。ウニト人はナークトルがひざまずいていたところにかがみこむ。セランの腰のあたりから指くらいの太さの触手のようなアーム数本が出てきて、その先端がハッチとその周辺をゆっくりと手探りしはじめた。

「どれくらいかかる？」ファジー・スラッチが通信でたずねる、「それが終わる前に、カルタン人に見つかってしまうぞ！」

やれやれ！　ニッキは心のなかでいう。ファジーが防護服の下にあのいまわしい派手な服を着ていることを思いだしたのだ。羽根飾りのついた帽子をかぶっていないのは、驚きだが。彼女は大きな声で応じる。

「プルトロスがこんなにがんばっているから、ネコ生物はなにも気づかないわ。それとも、われわれPIGが旧式の装備を使っているとでも思ったの？　ウニト人のセランは特別仕様なのよ！」

「てことは、ウニランだ」と、ナークトルはつぶやく。こんなに緊張した場面でも、ジョークを飛ばすのをやめられないようだ。

「ひょっとすると、長い鼻つきの」と、ファジーはさらにいい、かれの気分が、リアンの地表で荒れ狂う雲塊よりも早く変化したことをしめした。

「いまはむだ口をたたくな！」プルトロスがいきなり立ちあがり、警告する。「わたしはコンビネーション・コードを持っているから、放射する！」

触手アームはまだ金属板の上に置かれている。通信インパルスがセランから発せられた。瞬時に、アームがはなれ、セランにもどってきた。ハッチがスライドして開き、青いぼんやりした光が、待ちかまえている者たちにとどいた。

「うまくいった」ウニト人が安堵の吐息を漏らし、「警報はなかった！」

かれらはグラヴォ・パックを作動し、開口部の上に浮遊すると、次々に降下していく。ハッチが閉じ、敵対的な環境から逃れたかれらの防護服に消毒シャワーが降りかかる。

照明がついて、内側ハッチが開くのだろうと思われた。かれらは消毒液を滴らせながら、さらに降下していく。十メートルおりたところで、シャフトの出口にきた。

ニッキは保安装置がないことを確認する。シャフトを出、セランに指示を出してグラヴォ・パックのスイッチを切った。

リアン地下施設内の空気は平均的な酸素大気で、過度に汚染されたにおいはしない。ニッキはヘルメットをはねあげた。それはうなじのあたりで薄いフォリオ状にたたまれる。個体バリアのスイッチも切ったので、もう探知されることはない。探知されるとしても、せいぜい例の金属集合体だ。同行者三人もニッキにならった。

あたりを見まわすと、通廊が一本ある。通廊は反重力シャフトのところから、右にゆるくカーブしてつづいている。PIGの女チーフは、これは一種の環状通廊で、重要な部屋を弧または円でかこんでいるのではないかと思った。すべてが静寂につつまれており、振動も物音もない。

かれらは慎重に進む。通廊には分岐点もなければ、ドアの一枚もない。どんどんせまくなっていって、ついには次のハッチにきた。ハッチは開いていた。その向こうの床面はここまでよりすこし低くなっていて、一ホールが見える。ホール内には、すくなくとも千個のコントロール・ランプがついた大きな箱形のポジトロニクスが一台ある。そのかたわらで、白い制服を着たカルタン人二名が作業している。ポジトロニクスが吐きだすフォリオをいくつかチェックし、振り返ってホールの奥にあるドアを抜け、姿を消した。

ニッキは口をへの字に曲げる。彼女が見るかぎり、ホール内にほかのネコ生物はいない。

「行くよ！」と、ニッキ。「わたしについてきて。むだにできる時間はない！」

直接入ったことはないが、惑星ヴァアルサの工廠で同じようなホールを見たのを思いだす。今回はあのときの侵入状況とはすこし違う。こんどは運に恵まれていたらいいけど、と願った。

全員、やや前かがみになって走る。セランが足音をやわらげるので、床の振動以外なにも聞こえない。カルタン人のしなやかな歩き方に合わせたせまい階段を、急いでおりる。段差が低すぎて奥行きが深すぎる踏み段に、かれらは悪態をついた。一段おりるのに一歩半踏まなければならない。

ホールの床に到達した。見まわすと、ドアがいくつかと、通廊につづいている開いた状態のハッチがある。こうして開いた状態だということは、しょっちゅう使われていて、ポジトロニクスで作業するカルタン人が頻繁に利用するのではないかと推測される。

「プルトロス！」ニッキはささやくようにちいさな声で呼びかけ、一ドアをさししめす。ウニト人は鼻の先端をドアに当てて膨らませた。

「なにも！」プルトロスはげっぷをしながら、「声は聞こえないし、動きもない！」

軽く音をたててドアからはなした鼻を、両手でなでる。自分の仕事ぶりに満足しつつ、自動開閉装置を作動させ、ドアが横にスライドして開くのを待った。

眼前に機械ホールがあらわれた。めったに見ないほどの規模で、カバレイの格納庫くらいはひろさがありそうだ。たしかにカルタン人は、ギャラクティカーとくらべると技術的に遅れているのだろう。実際、ほとんどの分野でそれは真実だ。かれらは目標を達成するために、大きな機械をつくらなければならないということ。

ヴァアルサのような工廠惑星、リアン。あるいはそれ以上の存在なのか？　ここで建造される船は、テ＝ラウロ星系で建造されるものより大きくて数も多いのか？　カルタン人を目標に導いたもともとの知識は、リアンで保存されていたのか？

カルタン人の会話はまだ傍受できていない。もうしばらくかかるだろう。

背後でドアが閉まり、一行は左の壁に沿って歩いた。ホールにある機械は、高さが三十メートル、幅と奥行きが百メートルあるものもある。つけたしたり、くっつけたりした部分が見える。半円形の蒸気ボイラーや制御装置がぶんぶん、ぴいぴい、がんがんと音をたてていた。装置のどれかがうなるたびに、大きなゴングの音がホールじゅうに響きわたる。ナークトルの思考はまたもやあらぬ方向に向かった。

「ここのカルタン人は、でぶで怠け者なんじゃないか。食事時間を知らせるゴングをこんなに何度も鳴らすなんて！」

だれも応えない。ファジー・スラッチは、胃のぐあいが悪いみたいな顔をしている。

急に、ニッキが姿勢を低くした。ホールのまんなかで影がはしるのを見たのだ。ルーチン作業中のロボットだった。赤外線装置を装備しているにちがいない。急に進む方向を変更し、ふたつの装置のあいだをめざす。侵入者四人に向かってまっすぐ進んでくるということ。

「かくれて！　あのなかに！」と、ニッキ・フリッケル。彼女は、その上を絶え間なく青い炎がよぎる紡錘形の装置の下に姿を消した。ナークトルとファジーが急いであとにつづく。プルトロスがしんがりだ。紡錘体の終わりのところでかれらは横に曲がった。ウニト人はあとにのこる。ニッキはそれに気づいたが、プルトロスの好きにさせて、走りつづけた。

ロボットが近づき、紡錘体の下に曲がってきた。そのとき突然、うしろにウニト人がいたので、ロボットは頭を横に向ける。その結果、頭が接続部から飛びだし、折りとられた。切断されたケーブルが床に落ちる。ロボットが向きを変えるさいに装置にぶつかり、そのまま壊れてしまったような印象だ。

プルトロスはすぐにみなに追いついた。かれらは先を急ぎ、どこまでも走りつづけた。ロボットの機能不全が、ポジトロニクスのどれかによって確認されたにちがいない。すくなくともさらに二体のマシンあるいはカルタン人が、こちらに向かってくる。

マシンのあいだに反重力シャフトが出現した。なかは無人で、下向きに転極され、下層の施設へとつづいている。シャフトがすぐにだれかによって利用されるのだと推測できたが、かれらはあえて危険をおかすことにした。二階層進んだところでシャフトから出、ホールをいくつか進む。そこではカルタン人数千人が作業していた。遠距離船を完成させるためにさらなるパーツをつくっているのだ。ニッキはそう確信した。背後でウムバリ船の組み立てを待っている大きなセグメントがあるのを、知っているから。

ニッキはヴァアルサのことをふたたび考えた。どこか近くに司令センターがあるはずだ。なにか手がかりはないだろうかと探していると、しょっちゅう通廊に出ていってはまたもどってくるカルタン人の姿を見つけた。彼女はとまっている二台の車輛にかくれて、出入口へと向かう。

出入口の直前で立ちどまった。だれもいない。だれにも見られていない。ニッキはダッシュした。ほかの者たちもそれにつづく。三方向に分岐している通廊があった。まんなかを選び、半分開いたドアに急ぐ。つぶやき声がした。立ちどまって振り返ると、プルトロスが鼻を揺らしていて、ナークトルがはげますようにうなずいている。ファジー・スラッチの姿がない。

ニッキ・フリッケルは怒りにまかせて大声を出すところだった。あのヴィーロ宙航士がいまここで平静さを失ったら、なにもかもおしまいだ。彼女はまさにこの瞬間、スラッチとその仲間を三角座銀河に送ってきたホーマー・アダムスを呪った。

＊

ドアの向こうの部屋から物音が迫ってくる。彼女にはほかの選択肢はない。カルタン人がなにを話しているのかその内容は理解できなかったが、足音はわかる。ニッキはドアに急ぎ、手首の関節部分に収納されている分子破壊銃二挺《ちょう》、パラライザー二挺をくりだした。それからドアを通りぬけ、カルタン人たちと対峙《たいじ》する。驚愕の叫び声が聞こえたが、そのときにはニッキは個体バリアで身を守っていた。

「動かないで！」と、彼女は大声で叫ぶ。ちいさな通信センター内でカルタン人四名がなにか作業していた。「動いたら死ぬよ！」

カルタン語で命令したので、ネコ生物はすぐにしたがった。そこにいるのが女カルタン人四名であるとすぐにわかった。つまり、このちいさな部屋はそれなりに重要な施設にちがいない。

ニッキを追いかけてきたナークトルとプルトロスは、ブラスターでネコ生物を威嚇《いかく》する。セランの装備があるにもかかわらず、銃を持ってきていたのだ。

「なにが狙いか？」まんなかのシートにすわっていた女カルタン人が訊く。図案化された渦状星雲のエンブレムは、彼女が指導的役割にあることをしめす赤い丸でかこまれていた。

「情報よ」ニッキ・フリッケルはしずかな声でいった。「ナークトル、じゃまが入らないようにして!」

くしゃくしゃの髭を生やしたスプリンガーは半開きのドアのところへもどり、ニッキ同様、小型の武器セグメントをいくつか出した。

「情報などない。まして、不法侵入者に教える情報など。どうやってなかに入った? どうやって惑星探知を回避した?」

「質問するのはわたし!」ニッキ・フリッケルの声にはいまや危険な響きがある。「で、質問に答える気があるの、ないの?」

「ない!」カルタン人はいう。

PIGの女チーフは暴力を好まない。しかし、カルタン人との付き合いにおいて、何年にもわたる豊富な経験がある。それに、安全阻害要因になっているファジー・スラッチのことも考えた。なにかを達成したければ、急がないと。彼女はカルタン人のひとりを麻痺させた。相手は床に倒れ、頭をしたたかに打つ。さっき話しかけてきたカルタン人がニッキに襲いかかろうとしたが、浮遊する武器に封じられる。

「さて」と、ニッキは切りだす。「遠距離船でどんなばかげたことをもくろんでいるの？　どうしてパラ露をエスタルトゥに運ぶの？　そこではなぜ、あなたたち種族のメンバーはラオ＝シンと名乗るの？　このいわくありげなやり方はいったいなに？　ソトが数十年来、危険だと主張してきたパラ露は、エスタルトゥでどうなるの？」

「ずいぶんとまあ質問が多いこと」カルタン人は進んで答える。「わたしがそれに答えるとは思っていないのだろう？」

「まさか！　すぐに答えて！」

ニッキはふたりめのカルタン人を麻痺させた。相手は、支えを失ったように、シートにすわったまままくずおれる。

「次に撃つのは致死性ビームよ」ニッキはこの脅しがけっして実行されないことを充分に承知しながら、脅した。自分の発言をカルタン人が額面どおりに受けとると知っていたから。

「このプロジェクトに関しては、われわれはなにも知らない」と、女通信センター長。「われわれはここで船を建造するよう、故郷惑星のグレート・ファミリーから依頼を受けた。船は宇宙空間に送られ、そこでカルタン人の乗員に引き継がれる。ウムバリ船がどうなるのか、どこへ飛ぶのか、乗員がどんな目的地をめざしているのか、われわれは知らない！」

「それをわたしが信じるとでも？」ニッキは叫ぶ。「おそらく乗員だって知らないというんでしょう。かれらはエスタルトゥに着いたら自分たちがカルタン人だってことも忘れてしまう。そうなんじゃない？」

「われわれは知らない」と、まだ動けるもうひとりのカルタン人。ニッキは彼女のカリスマ力を感じたように思い、はっとした。自分は見当違いをしていたのではなかろうか。

「では、なにを知っているの？」

どこかでサイレンが鳴りはじめた。カルタン人が警報を鳴らしたのだ。通信センターで発せられたものではない。ということは、ファジーが見つかったか、あるいはもうすでに捕まったか。ひょっとしたらヴィーロ宙航士はもう生きていないかもしれない。

「メエコラーは広大で、アルドゥスタアルはわれわれの故郷としてはせまくなりすぎた。だから、われわれ、外に出るのだ」カルタン人は高揚した声でいう。その声には勝利の響きがあった。「サヤアロンの光などロウソクの火みたいなもの。それにくらべ……」

彼女は発言をふいに中断し、沈黙した。どこかホールの外で騒音がする。ニッキはのこりのカルタン人二名も麻痺させ、踵《きびす》を返した。

「すぐに退却するよ！」と、いって、プルトロスとナークトルのかたわらを走りぬけた。これ以上の情報は得られないとわかっていた。カルタン人は死ぬまで口を閉ざすか、あるいはほんとうになにも知らないかだ。

三人は猛烈に走った。ニッキは右に曲がり、通廊に出て、もよりの反重力シャフトまで急いだ。シャフトの極性を上昇にし、なかに跳びこむ。ヘルメットを閉じ、武器を回収して、きらめく個体バリアを張る。彼女はほとんど難攻不落の要塞と化した……すくなくともカルタン人にとっては。しかし、カルタン人にしても、敵から身を守り追いはらうとなると、驚くべき技術力をいくつか見せつけるだろう。

突然、反重力シャフトが停止した。セランの飛翔装置が瞬時にオンになる。三人は反重力シャフトの終着点まで上昇し、シャフトを出ると通廊を突っ走った。

ナークトルが悪態をつき、前方の、バリアが張られているところをさししめす。この進路は封鎖されているということ。かれらは引き返し、べつの方角に向きを変えた。いまのところまだカルタン人には出くわしていないが、こちらがどこにいるか、リアンの責任者はまちがいなく正確に把握しているだろう。

「あれに乗ろう！」ニッキは、ちいさな格納庫にとまっていたグライダーをさししめす。扉を開けて、みながなかに入る。ニッキは、ちいさな天井ハッチを開くべく遠隔操作をした。

いきなり、なにかの影が目に入る。ニッキはグライダーを上昇させた。機のすぐ下をミニロケット弾がかすめ、壁に当たった。爆風で上にあおられ、グライダーはほとんど垂直方向に加速していく……さっき見た、巨大なマシンが作動していたようなホールに向かって。しかし、それはさっきのホールではなかった。バリアがマシンを守っている。

グライダーはちいさな回廊の天井までしか上昇できず、天井に穴をあけるしかない。そのあいだにカルタン人が追いかけてきて、グライダーを破壊しようとする。

次のフロアで、とうとうカルタン人に追いつかれた。なにかが尾部に当たり、グライダーはわきにスピンして床にたたきつけられ、爆発。侵入者三人はてんでんばらばらの方向に投げだされた。ニッキはカルタン人ふたりのあいだに転がり、飛翔装置を使ってその場から遠ざかる。カルタン人がうしろから撃ったが、個体バリアに当たっただけだった。

「おい、ニッキ」ナークトルの声がした。「わたしがなにを見つけたか、いわなくともわかるな！」

「脱走者ね！」と、ニッキがいう。

「あたり！　壁の上のところに開口部が見えるか？　あそこで会おう。わたしはかれを連れていく！」

プルトロスの同意する声が聞こえ、かれらは異なる三方向から目標めがけて突進する。セランが警報を鳴らす。カルタン人が開口部のすぐ前に拘束フィールドを展開していたのだ。いいタイミングで飛行方向を変えることができた三人は、壁の別方向に突進し、そこを破壊する。その向こうにシャフトがあり、三人は上昇し、地表に出る道を見つけた。

ロックを開けて！」

「プルトロス！」と、ニッキはいい、エアロックを指さした。「われわれ、なんでもかんでも壊したり、カルタン人を殺したりするためにきたんじゃない。通常の方法でエアロックを開けて！」

今回はパネルを操作するだけでよかった。かれらはエアロックに滑りこみ、内側ハッチを閉じ、外側ハッチを開く。すぐにリアン地表に飛びでると、地面にへばりつくようにして移動した。かれらのうしろは厚い雲と条痕でおおわれている。早くもカルタン人のグライダーが見えた。ネコ生物が追いかけてくる。エアロックを破壊しなかった行為を高く評価してくれるだろうか。確信が持てなかった。

そこで通信連絡を受信する。スペース＝ジェットからではなく、どういう筋合いのものか判断する時間はだれにもなかった。かれらはジェットがあると思われる方向に急ぐ。しばらくすると弱いビーコンが入ってきた。

ニッキはナークトルのところまで行き、かれが運んでいる〝荷物〟を見た。ヘルメット・ヴァイザーの奥にファジー・スラッチの青ざめた顔がある。ヴィーロ宙航士は痙攣《けいれん》するような呼吸をしている。緊張を乗りきれなかったのは明らかだ。

「神経がまいってる」と、ナークトル。「まちがいない。手当てしてやらなくては！」

だがそのためには、リアンを脱出しなくてはならない。ニッキは、それにしてもやけにかんたんに逃げてこられたものだ、という印象を持った。理由はいくつかあるだろう。

《クルーム》をぶじスタートさせたという達成感で、カルタン人の注意力が散漫になった可能性がある。あるいはリアンの保安処置に信頼をおいていたのかもしれない。

リアンの自然現象が四人をのみこみ、カルタン人による追跡を困難にする。それが目下のところ、唯一の光明だった。

9

NGZ四四六年三月二十日

かれらはやりとげた。スペース＝ジェットは、逃げてきた四人を見つけるとかくれていた場所から姿をあらわし、かれらを乗せてスタートした。ヘ・クゥイ星系の辺縁で超光速飛行に入ったとき、マスラ船が一隻あらわれたが、もう追跡されることはない。

こうしてかれらはカバレイにもどってきた。ニッキは詳細にわたる報告をした。わかったのは、メエコラーが通常宇宙全体を意味すること、三角座銀河をカルタン語でアルドゥスタアルと呼ぶこと、ネコ生物が銀河系のことをサヤアロンと呼んでいることだ。しかし、だからこそ、長いあいだカルタン人の言葉に光が当てられてこなかったのだとわかる。

さて、アルドゥスタアルはカルタン人にはちいさくなりすぎた。そこで、かれらはより大きな宙域に目を向けることにしたわけだ。マーカルに対して譲歩するようになったのも、それで説明できるかもしれない。

しかし、それでも……

「聞いてほしいんだけど」ニッキ・フリッケルはPIGのメンバーたちにいった。「一種族がそんなかんたんに自分たちの故郷を放棄して、べつの銀河にうつっていくとは思えない。なにかもっとかくされていることがあるはず。そういっておくわ！」

この言葉で彼女は報告を終えた。ウィド・ヘルフリッチも、それ以上なにも新しいことは述べられなかった。

カルタン人に関しては、かなりの部分で謎が深まるばかりだ。

ニッキは私室にしりぞき、セランに記憶してあったデータを呼びだして、リアンを去るときに受信した通信を分析評価する。

それは驚くべきものだった。宇宙船《サナア》が近日中にアルドゥスタアルにもどる、という内容をふくんでいたのだ。

《サナア》！　しかも、ダオ・リン＝ヘイが乗っているという！

このカルタン人のことは、ニッキは前から知っている。彼女はすぐに向きを変え、司令本部にもどってこう告げた。

「ダオ・リン＝ヘイは目下、〝ラオ＝シン移住計画〟の指揮官よ。これで新しい手がかりを得たわ。ラオ＝シンというのは、カルタン語で……あるいは古代カルタン語といったほうがいいか……エスタルトゥのことをさすにちがいない。そもそもラオ＝シンがどういう意味なのか、どうしてだれもわたしに教えてくれなかったの？」

彼女は心に決めた。《サナア》を捕らえて、ダオ・リン＝ヘイに同じ質問をしようと。

＊

かれらは極オアシスのシダの下で疲れをいやしていた。おだやかな風が木《こ》の葉《は》を揺らし、衣服がそよぐ。ここではあらゆるものが平穏で、ボニファジオ・〝ファジー〟・スラッチの顔色もよくなってきた。かれは満足げに歩いている。リアンでの行動が演技にすぎなかったのではないかとは、だれも訊けない。

「ひとつだけいっとくが」そろそろ地下の居室にもどろうと支度をしている仲間たちに、ファジーはいった。「あのような思いはもう二度としたくない。わたしはやっと回復したんだからな！」

「まだことは終わってないぞ！」ブルー族のヴェエギュルがそういって、テラナーに突進した。長い腕でファジーをつかむと、地面に引き倒し、たいらな手のひらで尻をたたく。お遊びの調子で。

「これは三月一日の件だ！」と、甲高い声でさえずった。「われわれをからかったな」

そうだとも、ミスタ・スラッチ、ボニファジオ・ファジーよ。わたしは調べたんだ。テラの学童だったらだれだって知っている。労働者の日が三月一日なんかじゃなく、五月一日だってことを。きみの教育レベルもたいしたことないな!」

ヴェエギュルは、最後にもう一発ぴしゃりと尻をたたいて、立ちあがった。

あとがきにかえて

渡辺広佐

京都に行ってきた。

十日ほど前のこと、テレビのスイッチを入れたら、『京都人の密かな愉しみ』という番組が再放送されていた。画面にひろがったあまりにみごとな紅葉に、「そうだ京都、行こう」と、つぶやいてしまった。京都には何度も行ったことがあるが、秋——暦のうえではもう冬だが——に訪れたことはない。

思いついたらすぐ行動できる、こんな自由なふるまいができるのも、退職したからこそだ。

温泉好きの私は、宿を探すとき、温泉地でない場合には、検索条件に「大浴場」を加えるようにしている。予約サイトで検索すると、運よく、七条に天然温泉のある手頃な料金のホテルが見つかった。おかげで四泊五日、朝晩温泉につかりながら、京都見物をするという贅沢な時間を過ごすことができた。

昼すぎに京都に着き、ホテルに荷物を置くと、七条通りをぶらぶらと東へ向かって歩き、高瀬川を渡り、鴨川を渡って歩く。

三十三間堂だ。

ずいぶん昔に二度くらいは訪れたことがあるし、通し矢で有名なので、新春の恒例行事を伝えるニュースで、毎年のように見ている。とはいえ、せっかくだし、拝観する。

「ここには柱が三十四本あってね、間《あいだ》が三十三あるから、三十三間堂というんだよ」と、だれかがだれかに解説している声が聞こえる。そこに千一体のご本尊があるわけだ。壮観というほかない。

さらに七条通りを進んでいくと、つきあたりに智積院《ちしやくいん》というお寺がある。真言宗智山派総本山と記されている。

長谷川等伯の障壁画も、庭園もじつにいい。参拝客がほとんどいなかったので、ゆっくりしたい気持ちもあいまって、池のある庭に面した廊下にどかりとすわりこむ。

利休好みの庭にゐて小春かな

満足してホテルにもどり、ロビーでコーヒーを飲んだ。妻が息子たちに京都に来ていると連絡を入れると、長男からの返信で、出張で京都にいるという。こういう偶然もあるのだなと嬉しくなり、翌日の夜、いっしょに食事をすることにした。

夕食のために街に出て、ホテルにもどって一息つくと、去年京都に引っ越し、府立植物園の近くに住む句友のぼく太さんに、ひょっとしたら短時間でも会えるかもしれないと思って電話をしてみた。ぼく太さんも喜んでくれて、翌日十時に出町柳で会うことになった。

おいしい豆餅の店があって、買ってきてあげようかとさっきまで並んでいたのですが、とても時間に間に合いそうもないので諦めてきたんですよ、というぼく太さんのいつもの笑顔が懐かしかった。食べたことはないが、名前だけはよく知っている、〈出町ふたば〉だ。では、どこか喫茶店でも探そうと少し歩きはじめると、店の前の行列が目にとまった。急ぐ旅でもないので、並んでみようかということになる。ぼく太さんはご家族へのお土産にしようとも考えていたようだったし、私としてはおしゃべりができれば、どこだっていいのだから。

豆餅に長き行列冬うらら

ぼく太さんは去年、とても迷ったようだったが、お子さん家族の暮らす京都にご夫婦で引っ越したのだった。本籍地も京都だそうだから、そういう意味ではもともと〝京都の人〟なのだろう。その引っ越しからまだ一年しかたっていないのに、ずいぶん昔のことのように思える。歳を重ねるごとに、時が過ぎるのがどんどん速くなっていくように感じていたのに、いまはむしろ遅く感じるくらいだ。まだあれから一年しかたっていないのか、と。それは、去年の秋に母が亡くなったからなのか、あるいは私が退職したからなのか……いや、たぶん、コロナ禍のせいではないだろうか。

ようやく豆餅が買えたのは、一時間半近くたってからだった。

おしゃべりもたっぷりできたし、では、われわれはここでというと、ま、お昼をいっしょに、と誘ってくださった。出町柳に行くと決まったときに、ランチを食べようと決めていた店があったので、そこに行くことにする。〈出町ろろろ〉という店だ。店の前に列がなかったので、ラッキーと思ったが、あさはかだった。予約でいっぱいとのこと。

十年ほど前に、下鴨神社に参拝したおり、この店を訪れたことがあるのだが、そのときは運悪く、定休日だった。ひょっとしたら縁のない店なのかもしれない。

近くのうどん屋〈ごん蔵〉に入る。「きょうはどのくらい並びましたか」と、訊かれる。〈ふたば〉の袋を持っていたからだろうが、そういう流れの客も多いのだろう。私は九条葱カレーうどんをいただいた。なかなか旨かった。

ぼく太さんと別れ、われわれは下鴨神社方面に歩く。と、すぐに旧三井家下鴨別邸公開中というポスターが目にとまり、入ることにする。

三階が望楼になっている別邸の見学を終えると、庭のベンチにすわり、さっき買った豆餅をいただく。一個二百円の豆餅ではあるが、こういう場所で食べるなんて、なんとも贅沢だ。

バス停に着くと、ちょうど銀閣寺（方面）行きのバスが来たので乗車する。何度か訪れているところだが、好きなお寺のひとつなので、それはそれでいい。

六時前に、仕事を終えた長男と落ち合い、めぼしをつけていたホテル近くの割烹〈以ゝむら〉でコース料理をいただく。

店のご主人によると、司馬遼太郎さんも通った店で、有名な俳優なども客として訪れるようだ。

庶民的な店で、けっして高くはないのに、そういう人たちが客としてくるのだと知り、なんだか得をしたような気がした。

最近はいつもふたりの孫がいっしょなので落ち着いて話す機会がなかった長男とも、ゆっくりと話ができた。

息子は京都には何度も来ているのに、観光したことがないという。渉成園がライトアップされているとホテルのフロントで聞いていたので行ってみることにする。以前、昼間に訪れたことがあるが、池と紅葉のライトアップはとてもよかった。（ほぼ）満月が池にうつりすばらしかった。

長男も満足して、自分のホテルに帰っていった。

今回の旅では、鞍馬から貴船へと秋を満喫しながら歩くことができたし、清水寺にも、そしてねねゆかりの圓徳院や高台寺も時間をかけて拝観できた。

どこもさほど混雑していなかったが、清水寺と三年坂（産寧坂）、二年坂（二寧坂）、一年坂（一念坂）あたりは、修学旅行生たちもいて、かなりの人出であった。

そうそう、十一月十九日の月蝕は鴨川に架かる三条大橋から眺めた。

俳人の伊藤伊那男さんが『銀漢亭こぼれ噺――そして京都』（北辰社）の「食べもの散歩」のなかで、「京都は千年の歴史に培われてきただけに料理やもてなしについては底知れぬ奥深さがあり」と、讃えたうえで、こう書いている。


さて意外かもしれないが、京都で最初に紹介したいのはコーヒー。実はコーヒーのうまい町なのである。水が良いことと厳しい舌に鍛えられているためであろう。名店はたくさんあるが、私はイノダコーヒー三条店が好きだ。厨房を囲む丸いカウンターに座り、ネルドリップの濃厚なコーヒーを飲みながら職人さんの無駄のない動きを見て過ごすひとときは至福である。

コーヒー好きの私も、京都を訪れたら、少なくとも一度は〈イノダ〉のコーヒーが飲みたい。しかし、月蝕を眺めた日、行ってみるともう閉店していた。

翌日の朝食は絶対〈イノダ〉にしようと再挑戦したのだが、長い行列ができていた。これではいつになったら入店できるかわからないと思い、諦める。

こちらの勝手な言い分だが、好きな店にふらっと立ち寄って入れないのは、とても残念なことだ。

なお、引用文中の「イノダコーヒー」は、正しくは「イノダコーヒ」。一度「コーヒー」と書いてしまい、ゲラ刷りになってしまうと、一般的表記として正しいだけになかなかまちがいに気づかない。

しかし、何度も助けられた私の経験からいうと、たぶん早川書房の校閲者なら気づくのではなかろうか。

黒猫のじつと見てゐる冬紅葉

訳者略歴 1950年生，中央大学大学院修了，訳書『カルタン人の葛藤』エーヴェルス＆マール（早川書房刊），『ぼくたちがギュンターを殺そうとした日』シュルツ他多数

HM=Hayakawa Mystery
SF=Science Fiction
JA=Japanese Author
NV=Novel
NF=Nonfiction
FT=Fantasy

宇宙英雄ローダン・シリーズ〈656〉

地獄《じごく》のソトム

〈SF2350〉

二〇二二年一月 十 日 印刷
二〇二二年一月十五日 発行

（定価はカバーに表示してあります）

著者 H・G・エーヴェルス
アルント・エルマー
訳者 渡《わた》辺《なべ》広《ひろ》佐《すけ》
発行者 早川 浩
発行所 株式会社 早川書房

郵便番号 一〇一 - 〇〇四六
東京都千代田区神田多町二ノ二
電話 〇三 - 三二五二 - 三一一一
振替 〇〇一六〇 - 三 - 四七七九九
https://www.hayakawa-online.co.jp

乱丁・落丁本は小社制作部宛お送り下さい。
送料小社負担にてお取りかえいたします。

印刷・信毎書籍印刷株式会社　製本・株式会社川島製本所
Printed and bound in Japan
ISBN978-4-15-012350-5 C0197